はじめてのミステリー

名《めい》探《たん》偵《てい》登《とう》場《じょう》！

明智小五郎《あけちこごろう》

江戸川乱歩

汐文社《ちょうぶんしゃ》

著者紹介《ちょしゃしょうかい》

江戸川乱歩《えどがわらんぽ》（1894年《ねん》〜1965年《ねん》）

三重県《みえけん》生《う》まれ。早稲田大学卒業《わせだだいがくそつぎょう》。1923年《ねん》に作家《さっか》デビュー。ペンネームの「江戸川乱歩《えどがわらんぽ》」は、世界《せかい》ではじめて本格《ほんかく》ミステリー小説《しょうせつ》を書《か》いたアメリカの作家《さっか》、エドガー・アラン・ポーをもじってつけたものである。明智小五郎《あけちこごろう》、少年探偵団《しょうねんたんていだん》、怪人二十面相《かいじんにじゅうめんそう》などが活躍《かつやく》する数多《かずおお》くの名作《めいさく》を発表《はっぴょう》し、日本《にほん》の小説界《しょうせつかい》に大《おお》きな業績《ぎょうせき》を残《のこ》した。

目次《もくじ》

キャラクター紹介《しょうかい》

Kogoro Akechi

氏名《しめい》	明智小五郎《あけちこごろう》
生年月日《せいねんがっぴ》	1895年頃《ねんごろ》の生《う》まれらしい
住所《じゅうしょ》	お茶《ちゃ》の水《みず》の開化《かいか》アパート、麻布区《あざぶく》（現在《げんざい》の港区《みなとく》）龍土町《りゅうどちょう》、 千代田区《ちよだく》麹町《こうじまち》采女町《うねめちょう》の麹町《こうじまち》アパートなどを転々《てんてん》とする
家族《かぞく》	1930年《ねん》の『吸血鬼《きゅうけつき》』事件《じけん》のあと、文代《ふみよ》さんという女性《じょせい》と結婚《けっこん》 また、この作品《さくひん》から少年助手《しょうねんじょしゅ》の小林芳雄《こばやしよしお》といっしょに暮《く》らすようになった
職業《しょくぎょう》	私立探偵《しりつたんてい》
特技《とくぎ》	変装《へんそう》、柔道《じゅうどう》、腹話術《ふくわじゅつ》、射撃《しゃげき》、催眠術《さいみんじゅつ》、なわぬけ、投《な》げなわ、フェンシング、 飛行機《ひこうき》やヘリコプターの操縦《そうじゅう》など
風貌《ふうぼう》	やせ型《がた》で背《せ》が高《たか》く、モジャモジャの髪《かみ》の毛《け》が特徴《とくちょう》
好《す》きなもの	コーヒー、フィガロというエジプトのたばこ
趣味《しゅみ》	読書《どくしょ》、人間《にんげん》の研究《けんきゅう》、高等数学《こうとうすうがく》の計算《けいさん》
癖《くせ》	歩《ある》くときに変《へん》に肩《かた》を振《ふ》る 興奮《こうふん》すると、髪《かみ》の毛《け》をかきまわす癖《くせ》がある

何《なに》者《もの》

おもな登場人物《とうじょうじんぶつ》

松村《まつむら》……私《わたし》。友人《ゆうじん》の結城弘一《ゆうきひろかず》の屋敷《やしき》で、事件《じけん》に巻《ま》き込《こ》まれる。

結城弘一《ゆうきひろかず》……松村《まつむら》の友人《ゆうじん》。大《だい》の探偵《たんてい》好《ず》き。

甲田伸太郎《こうだしんたろう》……松村《まつむら》と結城弘一《ゆうきひろかず》の友人《ゆうじん》。

結城少将《ゆうきしょうしょう》……弘一《ひろかず》の父親《ちちおや》で、結城邸《ゆうきてい》の主人《しゅじん》。陸軍《りくぐん》の重要人物《じゅうようじんぶつ》。

結城夫人《ゆうきふじん》……結城少将《ゆうきしょうしょう》の妻《つま》で、弘一《ひろかず》の母親《ははおや》。

志摩子《しまこ》……結城弘一《ゆうきひろかず》の美《うつく》しい従妹《いとこ》。

常《つね》さん……結城邸《ゆうきてい》の爺《じい》や。

波多野警部《はたのけいぶ》……鎌倉警察署《かまくらけいさつしょ》の司法主任《しほうしゅにん》。科学的捜査《かがくてきそうさ》をモットーにしている。

赤井《あかい》……結城邸《ゆうきてい》にちょくちょく碁《ご》を打ちにやってきては、夜《よ》ふかしして泊《と》まっていく謎《なぞ》の男《おとこ》。探偵《たんてい》好《ず》き。

明智小五郎《あけちこごろう》……名探偵《めいたんてい》。

何者

一　奇妙《きみょう》な盗賊《とうぞく》

「この話《はなし》は、あなたが小説《しょうせつ》にお書《か》きになるのがいちばんふさわしいと思《おも》います。ぜひ書《か》いてください」

ある人《ひと》が私《わたし》にその話《はなし》をしたあとで、こんなことをいった。四《し》、五年前《ごねんまえ》の出来事《できごと》だけれど、事件《じけん》の主人公《しゅじんこう》がまだ生《い》きていたので、はばかって話《はな》さなかった。その人《ひと》が最近病死《さいきんびょうし》したのだということであった。

私《わたし》はそれを聞《き》いて、なるほど当然私《とうぜんわたし》が書《か》く材料《ざいりょう》だと思《おも》った。なにが当《とう》然《ぜん》だかは、ここに説明《せつめい》せずとも、この小説《しょうせつ》を終《おわ》りまでお読《よ》みになれば、自然《しぜん》にわかることである。

以下《いか》「私《わたし》」とあるのは、この話《はなし》を私《わたし》に聞《き》かせてくれた「ある人《ひと》」をさすわけである。

ある夏《なつ》のこと、私《わたし》は甲田伸太郎《こうだしんたろう》という友人《ゆうじん》にさそわれて、甲田《こうだ》ほどは親《した》しくなかったけれど、やはり私《わたし》の友《とも》だちである結城弘一《ゆうきひろかず》の家《いえ》に、半月《はんつき》ばかり逗留《とうりゅう》*したことがある。そのあいだの出来事《できごと》なのだ。

弘一君《ひろかずくん》は陸軍省軍務局《りくぐんしょうぐんむきょく》*に重要《じゅうよう》な地位《ちい》をしめている、結城少将《ゆうきしょうしょう》の息子《むすこ》で、父《ちち》の屋敷《やしき》が鎌倉《かまくら》の少《すこ》し向《む》こうの海近《うみちか》くにあって、夏休《なつやす》みを過《す》ごすには持《も》ってこいの場所《ばしょ》だったからである。

三人《さんにん》はその年大学《としだいがく》を出《で》たばかりの同窓《どうそう》であった。結城君《ゆうきくん》は英文科《えいぶんか》、私《わたし》と甲田君《こうだくん》とは経済科《けいざいか》であったが、高等学校時代同《こうとうがっこうじだいおな》じ部屋《へや》に寝《ね》たことがあるので、科《か》は違《ちが》っても、非常《ひじょう》に親《した》しい遊《あそ》び仲間《なかま》であった。

＊逗留《とうりゅう》……自分《じぶん》の家《いえ》でない場所《ばしょ》で、何日《なんにち》かとどまって過《す》ごすこと。
＊陸軍省軍務局《りくぐんしょうぐんむきょく》……戦前《せんぜん》の日本《にほん》にあった軍《ぐん》の機関《きかん》。

私《わたし》たちには、いよいよ学生生活《がくせいせいかつ》にお別《わか》れの夏《なつ》であった。甲田君《こうだくん》は九月《くがつ》から東京《とうきょう》のある商事会社《しょうじがいしゃ》へ勤《つと》めることになっていたし、弘一君《ひろかずくん》と私《わたし》とは兵隊《へいたい》にとられて、年末《ねんまつ》には入営《にゅうえい》＊である。いずれにしても、私《わたし》たちは来年《らいねん》からはこんな自由《じゆう》な気持《きもち》の夏休《なつやす》みを再《ふたた》び味《あじ》わえぬ身《み》の上《うえ》であった。そこで、この夏《なつ》こそは心残《こころのこ》りのないように、充分遊《じゅうぶんあそ》び暮《く》らそうというので、弘一君《ひろかずくん》のさそいに応《おう》じたのである。

弘一君《ひろかずくん》は一人息子《ひとりむすこ》なので、広《ひろ》い屋敷《やしき》をわが物顔《ものがお》に、贅沢三昧《ぜいたくざんまい》に暮《く》らしていた。おやじは陸軍少将《りくぐんしょうしょう》だけれど、先祖《せんぞ》がある大名《だいみょう》の重臣《じゅうしん》だったので、彼《かれ》の家《いえ》はなかなかのお金持《かねも》ちである。したがってお客様《きゃくさま》の私《わたし》たちも居心《いごこ》地《ち》が悪《わる》くなかった。そこへもってきて、結城家《ゆうきけ》には、私《わたし》たちの遊《あそ》び友《とも》だちになってくれる一人《ひとり》の美《うつく》しい女性《じょせい》がいた。志摩子《しまこ》さんといって、弘一《ひろかず》

＊入営《にゅうえい》……軍隊《ぐんたい》にはいって集団生活《しゅうだんせいかつ》をはじめること。

君《くん》の従妹《いとこ》で、ずっと以前《いぜん》に両親《りょうしん》を失《うしな》ってから、少将邸《しょうしょうてい》に引《ひ》き取《と》られて育《そだ》てられた人《ひと》だ。女学校《じょがっこう》をすませて、当時《とうじ》は音楽《おんがく》の稽古《けいこ》に熱中《ねっちゅう》していた。ヴァイオリンはちょっと聞《き》けるぐらいひけた。

私《わたし》たちは天気《てんき》さえよければ海岸《かいがん》で遊《あそ》んだ。結城邸《ゆうきてい》は由比《ゆい》ガ浜《はま》と片瀬《かたせ》との中間《ちゅうかん》ぐらいのところにあったが、私《わたし》たちは多《おお》くは派手《はで》な由比《ゆい》ガ浜《はま》をえらんだ。私《わたし》たち四人《よにん》のほかに、たくさん男女《だんじょ》の友《とも》だちがあったので、海《うみ》にあきることはなかった。紅白碁盤縞《こうはくごばんじま》*の大《おお》きなビーチ・パラソルの下《した》で、私《わたし》たちは志摩子《しまこ》さんやそのお友《とも》だちの娘《むすめ》さんたちと、まっ黒《くろ》な肩《かた》をならべてキャッキャッと笑《わら》い興《きょう》じた。

私《わたし》たちはまた、結城邸《ゆうきてい》の池《いけ》で鯉釣《こいつ》りをやった。その大《おお》きな池《いけ》には、少将《しょう》の道楽《どうらく》で、釣堀《つりぼり》みたいに、たくさん鯉《こい》が放《はな》ってあったので、素人《しろうと》にも

＊碁盤縞《ごばんじま》……碁盤《ごばん》の目《め》のような正方形《せいほうけい》の縞模様《しまもよう》。

よく釣《つ》れた。私《わたし》たちは将軍《しょうぐん》に釣《つ》りのコツを教《おそ》わったりした。実《じつ》に自由《じゆう》で、明《あ》かるくて、のびやかな日々《ひび》であった。だが不幸《ふこう》というものは、どんな明《あ》かるいところへでも、明《あ》かるければ明《あ》かるいほど、それをねたんで、突拍子《とっぴょうし》もなくやってくるものである。

ある日《ひ》、少将邸《しょうしょうてい》に時《とき》ならぬ銃声《じゅうせい》が響《ひび》いた。この物語《ものがたり》はその銃声《じゅうせい》を合図《あいず》に、幕《まく》があくのである。

ある晩《ばん》、主人《しゅじん》の少将《しょうしょう》の誕生祝《たんじょういわ》いだというので、知人《ちじん》を呼《よ》んで御馳走《ごちそう》があった。甲田君《こうだくん》と私《わたし》もその場《ば》に同席《どうせき》した。

母屋《おもや》の二階《にかい》の十五《じゅうご》、六畳《ろくじょう》も敷《し》ける日本間《にほんま》がその席《せき》にあてられた。主客《しゅかく》一同浴衣《いちどうゆかた》がけの気《き》のおけぬ宴会《えんかい》であった。酔《よ》った結城少将《ゆうきしょうしょう》が柄《がら》になく義《ぎ》*太夫《だゆう》のさわりをうなったり、志摩子《しまこ》さんが一同《いちどう》にお願《ねが》いされて、ヴァイ

＊義太夫《ぎだゆう》……日本《にほん》の伝統芸能《でんとうげいのう》の一《ひと》つ。三味線《しゃみせん》の伴奏《ばんそう》に合《あ》わせ、節《ふし》をつけて物語《ものがたり》を語《かた》る。

オリンをひいたりした。

宴《うたげ》は問題《もんだい》なく終《お》わって、十時《じゅうじ》ごろには客《きゃく》はたいてい帰《かえ》ってしまい、主《しゅ》人側《じんがわ》の人《ひと》たちと二《に》、三《さん》の客《きゃく》が、夏《なつ》の夜《よ》の興《きょう》を惜《お》しんで座《ざ》に残《のこ》っていた。結城氏《ゆうきし》、同夫人《どうふじん》、弘一君《ひろかずくん》、志摩子《しまこ》さん、私《わたし》のほかに、退役将校《たいえきしょうこう》の北川《きたがわ》という老人《ろうじん》、志摩子《しまこ》さんの友《とも》だちの琴野《ことの》さんという娘《むすめ》の七人《しちにん》であった。

主人少将《しゅじんしょうしょう》は北川老人《きたがわろうじん》と碁《ご》をかこみ、他《た》の人々《ひとびと》は志摩子《しまこ》さんをせびって、またヴァイオリンをひかせていた。

「さあ、僕《ぼく》はこれから仕事《しごと》だ」

ヴァイオリンの切《き》れ目《め》に、弘一君《ひろかずくん》が私《わたし》にそうことわって座《ざ》を立《た》った。仕事《しごと》というのは、当時《とうじ》彼《かれ》はある地方新聞《ちほうしんぶん》の小説《しょうせつ》を引《ひ》き受《う》けていて、毎晩《まいばん》十時《じゅうじ》になると、それを書《か》くために、別棟《べつむね》の洋館《ようかん》の父少将《ちちしょうしょう》の書斎《しょさい》へこもる習慣《しゅうかん》になっていたのだ。彼《かれ》は在学中《ざいがくちゅう》は東京《とうきょう》に一軒家《いっけんや》を借《か》りて住《す》んでいて、中学時代《ちゅうがくじだい》の書斎《しょさい》は、現在《げんざい》では志摩子《しまこ》さんが使《つか》っているので、まだ本宅《ほんたく》には書斎《しょさい》がないのである。

階段《かいだん》をおりて、廊下《ろうか》を通《とお》って、弘一君《ひろかずくん》が洋館《ようかん》についたと思《おも》われる時分《じぶん》、突然何《とつぜんなに》かをたたきつけるような物音《ものおと》が、私《わたし》たちをビクッとさせた。あとで考《かんが》えると、それが問題《もんだい》のピストルの音《おと》だったのである。

「なんだろう」と思《おも》っているところへ、洋館《ようかん》の方《ほう》からけたたましいさけび声《ごえ》が聞《き》こえてきた。

「誰《だれ》か来《き》てください。大変《たいへん》です。弘一君《ひろかずくん》が大変《たいへん》です」

先《さき》ほどから座《ざ》にいなかった甲田伸太郎君《こうだしんたろうくん》の声《こえ》であった。

そのとき一座《いちざ》の人々《ひとびと》が、誰《だれ》がどんな表情《ひょうじょう》をしたかは記憶《きおく》がない。一同《いちどう》総立《そうだ》ちになって、階段《かいだん》のところへ殺到《さっとう》した。

洋館《ようかん》へ行《い》ってみると、少将《しょうしょう》の書斎《しょさい》の中《なか》に（のちに見取図《みとりず》を掲《かか》げる）弘《ひろ》一君《かずくん》が血《ち》に染《そ》まって倒《たお》れ、そのそばに甲田君《こうだくん》が青《あお》い顔《かお》をして立《た》っていた。

「どうしたんだ」

父少将《ちちしょうしょう》が不必要《ふひつよう》に大《おお》きな、まるで号令《ごうれい》をかけるような声《こえ》でどなった。

「あすこから、あすこから」

甲田君《こうだくん》が、激動《げきどう》のために口《くち》もきけないというふうで、庭《にわ》に面《めん》した南側《みなみがわ》のガラス窓《まど》を指《ゆび》さした。

見《み》るとガラス戸《ど》はいっぱいにひらかれ、ガラスの一部《いちぶ》にポッカリと不《ふ》規則《きそく》な円形《えんけい》の穴《あな》があいている。何者《なにもの》かが、外部《がいぶ》からガラスを切《き》ってとめ金《がね》をはずし、窓《まど》をあけてしのび込《こ》んだのであろう。現《げん》にジュウタンの上《うえ》に、点々《てんてん》と不気味《ぶきみ》な泥足《どろあし》のあとがついている。

母夫人《ははふじん》は倒《たお》れている弘一君《ひろかずくん》にかけより、私《わたし》はひらいた窓《まど》のところへかけつけた。だが、窓《まど》のそとには何者《なにもの》の影《かげ》もなかった。むろん侵入者《しんにゅうしゃ》がそのころまで、ぐずぐずしているはずはないのだ。

その同《おな》じ瞬間《しゅんかん》に、父少将《ちちしょうしょう》は、どうしたかというと、彼《かれ》は不思議《ふしぎ》なことに息子《むすこ》の傷《きず》を見《み》ようともせず、まず第一《だいいち》に、部屋《へや》のすみにあった小金庫《しょうきんこ》の前《まえ》へ飛《と》んで行《い》って、文字盤《もじばん》を合《あ》わせて扉《とびら》をひらき、その中《なか》を調《しら》べたのである。これを見《み》て、私《わたし》は妙《みょう》に思《おも》った。この家《いえ》に金庫《きんこ》があるさえ心得《こころえ》ぬに、傷《きず》を負《お》った息子《むすこ》をほうっておいて、まず財産《ざいさん》をしらべるなんて、軍人《じん》にもあるまじきしぐさである。

やがて、少将《しょうしょう》の言《い》いつけで、書生《しょせい》が警察《けいさつ》と病院《びょういん》へ電話《でんわ》をかけた。

母夫人《ははふじん》は気《き》を失《うしな》った結城君《ゆうきくん》のからだにすがって、オロオロ声《ごえ》で名《な》を呼《よ》んでいた。私《わたし》はハンカチを出《だ》して、出血《しゅっけつ》を止《と》めるために、弘一君《ひろかずくん》の足《あし》をしばってやった。弾丸《だんがん》が足首《あしくび》をむごたらしく射《い》ぬいていたのだ。志摩子《しまこ》さんは気《き》をきかして、台所《だいどころ》からコップに水《みず》を入《い》れて持《も》ってきた。だが、妙《みょう》なことには、彼女《かのじょ》は夫人《ふじん》のようには悲《かな》しんでいない。思《おも》わぬ出来事《できごと》に驚《おどろ》いているばかりだ。どこやら冷淡《れいたん》なふうが見《み》える。彼女《かのじょ》はいずれ弘一《ひろかず》君《くん》と結婚《けっこん》するのだと思《おも》いこんでいた私《わたし》は、それがなんとなく不思議《ふしぎ》に思《おも》われた。

しかし不思議《ふしぎ》といえば、金庫《きんこ》を調《しら》べた少将《しょうしょう》や、妙《みょう》に冷淡《れいたん》な志摩子《しまこ》さんより、もっともっと不思議《ふしぎ》なことがあった。

それは結城家《ゆうきけ》の爺《じい》やの、常《つね》さんという老人《ろうじん》のそぶりである。彼《かれ》も騒《さわ》ぎ

を聞《き》いて、われわれより少《すこ》しおくれて書斎《しょさい》へかけつけたのだが、はいってくるなり、何《なに》を思《おも》ったのか、弘一君《ひろかずくん》のまわりを囲《かこ》んでいた私《わたし》たちのうしろを、例《れい》のひらいた窓《まど》の方《ほう》へ走《はし》って行《い》って、その窓際《まどぎわ》にペチャンとすわってしまった。騒《さわ》ぎの最中《さいちゅう》で誰《だれ》も爺《じい》やの挙動《きょどう》なぞ注意《ちゅうい》していなかったけれど、私《わたし》はふとそれを見《み》て、親爺頭《おやじあたま》がどうかしたのではないかと驚《おどろ》いた。彼《かれ》はそうして、一同《いちどう》の立《た》ち騒《さわ》ぐのをキョロキョロ見廻《みまわ》しながら、いつまでも行儀《ぎょうぎ》よくすわっていた。腰《こし》が抜《ぬ》けたわけでもあるまいに。

そうこうするうちに、医者《いしゃ》がやってくる。間《ま》もなく鎌倉《かまくら》の警察署《けいさつしょ》から、司法主任《しほうしゅにん》*の波多野警部《はたのけいぶ》が部下《ぶか》を連《つ》れて到着《とうちゃく》した。弘一君《ひろかずくん》は母夫人《ははふじん》と志摩子《しまこ》さんがつきそって、担架《たんか》で鎌倉外科病院《かまくらげかびょういん》へはこばれた。その時分《じぶん》には意識《いしき》を取《と》りもどしていたけれど、気《き》の弱《よわ》い彼《かれ》は

*司法主任《しほうしゅにん》……警察《けいさつ》の捜査主任《そうさしゅにん》のこと。

苦痛《くつう》と恐怖《きょうふ》のために、赤《あか》ん坊《ぼう》みたいに顔《かお》をしかめ、ポロポロと涙《なみだ》をこぼしていたので、波多野《はたの》警部《けいぶ》が犯人《はんにん》の風体《ふうてい》をたずねても、返事《へんじ》なぞできなかった。彼《かれ》の傷《きず》は命《いのち》にかかわるほどではなかったけれど、足首《あしくび》の骨《ほね》をグチャグチャにくだいた、なかなかの重傷《じゅうしょう》であった。

取調《とりしら》べの結果《けっか》、この凶行《きょうこう》は盗賊《とうぞく》の仕業《しわざ》であることが明《あき》らかになった。泥棒《どろぼう》は裏庭《うらにわ》から忍《しの》び込《こ》んで、品物《しなもの》を盗《ぬす》み集《あつ》めているところへ、ヒョッコリ弘一君《ひろかずくん》がはいって行《い》ったので（たぶん盗賊《とうぞく》を追《お》いかけたのであろう。倒《たお》れていた位置《いち》が入口《いりぐち》ではなかった）、恐怖《きょうふ》のあまり持《も》っていたピストルを発射《はっしゃ》したものに違《ちが》いなかった。

大《おお》きな事務《じむ》デスクの引出《ひきだ》しが残《のこ》らず引《ひ》き出《だ》され、中《なか》の書類《しょるい》などがそこいら一面《いちめん》に散乱《さんらん》していた。だが少将《しょうしょう》の言葉《ことば》によれば、引出《ひきだ》しの中《なか》にはとくに大切《たいせつ》なものは入《い》れてなかったという。

同《おな》じデスクの上《うえ》に、少将《しょうしょう》の大型《おおがた》の札入《さつい》れが投《な》げ出《だ》してあった。不思議《ふしぎ》なことに、中《なか》にはかなりの額《がく》の紙幣《しへい》がはいっていたのだが、それには少《すこ》しも手《て》をつけたあとがない。では何《なに》が盗《ぬす》まれたかというと、実《じつ》に奇妙《きみょう》な盗賊《とうぞく》である。まずデスクの上《うえ》に(しかも札入《さつい》れのすぐそばに)置《お》いてあった小型《こがた》の金製置時計《きんせいおきどけい》、それから、同《おな》じ机《つくえ》の上《うえ》の金《きん》の万年《まんねん》ペン、金製《きんせい》の懐中時計《かいちゅうどけい》(金鎖《きんぐさり》とも)、いちばんお金《かね》になりそうなのは、室《しつ》の中央《ちゅうおう》の丸《まる》テーブルの上《うえ》にあった金製《きんせい》の煙草《たばこ》セット(煙草入《たばこい》れと灰皿《はいざら》だけで、盆《ぼん》は残《のこ》っていた。盆《ぼん》は赤銅製《しゃくどうせい》である)の品々《しなじな》であった。

これが盗難品《とうなんひん》の全部《ぜんぶ》なのだ。いくら調《しら》べてみても、ほかになくなった品《しな》はない。金庫《きんこ》の中《なか》も別状《べつじょう》はなかった。

つまり、この泥棒《どろぼう》はほかのものには見向《みむ》きもせず、書斎《しょさい》にあったことごとくの金製品《きんせいひん》を奪《うば》い去《さ》ったのである。

「異常者《いじょうしゃ》かもしれませんな。黄金収集狂《おうごんしゅうしゅうきょう》とでもいう」

波多野警部《はたのけいぶ》が妙《みょう》な顔《かお》をして言《い》った。

二　消《き》えた足跡《あしあと》

実《じつ》に妙《みょう》な泥棒《どろぼう》であった。紙幣在中《しへいざいちゅう》の札入《さつい》れをそのままにしておいて、それほどの値打《ねう》ちもない万年筆《まんねんひつ》や懐中時計《かいちゅうどけい》に執着《しゅうちゃく》したという、犯人《はんにん》の気持《きもち》が理解《りかい》できなかった。

警部《けいぶ》は少将《しょうしょう》に、それらの金製品《きんせいひん》のうち、高価《こうか》というほかに、何《なに》か特別《とくべつ》の値打《ねう》ちをもったものはなかったかと尋《たず》ねた。

だが、少将《しょうしょう》は別《べつ》にそういう心《こころ》あたりもないと答《こた》えた。ただ、金製万年筆《きんせいまんねんひつ》は、彼《かれ》がある師団《しだん》*の連隊長《れんたいちょう》を勤《つと》めていたころ、同《おな》じ隊《たい》にぞくしていられた高貴《こうき》のお方《かた》から拝領《はいりょう》したもので、少将《しょうしょう》にとっては金銭《きんせん》に替《か》えがたい値打《ねう》ちがあったのと、金製置時計《きんせいおきどけい》は、三寸《さんすん》*四方《しほう》くらいの小《ちい》さなものだけれど、海外旅行《かいがいりょこう》した記念《きねん》に親《した》しくパリで買《か》って帰《かえ》ったので、あんな精巧《せいこう》な機械《きかい》は二度《にど》と手《て》に入《はい》らぬと惜《お》しまれるくらいのことであった。両方《りょうほう》とも、泥棒《どろぼう》にとってたいした値打《ねう》ちがあろうとも思《おも》われぬ。

さて波多野警部《はたのけいぶ》は室内《しつない》から屋外《おくがい》へと、順序《じゅんじょ》をおって、綿密《めんみつ》な現場調査《げんばちょうさ》に取《と》りかかった。彼《かれ》が現場《げんば》へ到着《とうちゃく》したのは、ピストルが発射《はっしゃ》されてから二十分《にじっぷん》もたっていたので、あわてて犯人《はんにん》のあとを追《お》うような愚《ぐ》はしなかった。

＊師団《しだん》……軍隊《ぐんたい》の部隊《ぶたい》。日本陸軍《にほんりくぐん》では一《ひと》つの師団《しだん》の中《なか》に二《ふた》つの旅団《りょだん》があり、その中《なか》に二《ふた》つの連隊《れんたい》、さらにその中《なか》に三《みっ》つの大隊《だいたい》があった。
＊三寸《さんすん》……約《やく》九・一センチメートル。一寸《いっすん》は約《やく》三・〇三センチメートル。

あとでわかったことだが、この司法主任《しほうしゅにん》は、犯罪捜査学《はんざいそうさがく》の信者《しんじゃ》で、科学的《かがくてき》な綿密《めんみつ》さということを最上《さいじょう》のモットーとしていた。彼《かれ》がまだ片田舎《かたいなか》の平刑事《ひらけいじ》であったころ、地上《ちじょう》にこぼれていた一滴《いってき》の血痕《けっこん》を、検事《けんじ》や上官《じょうかん》が来着《らいちゃく》するまで完全《かんぜん》に保存《ほぞん》するために、その上《うえ》にお椀《わん》をふせて、お椀《わん》のまわりの地面《じめん》を、一《ひ》と晩《ばん》じゅう棒切《ぼうき》れでたたいていた、という話《はなし》さえあった。彼《かれ》はそうして、血痕《けっこん》をミミズが食《た》べてしまうのをふせいでいたのである。

こんなふうな綿密周到《めんみつしゅうとう》によって地位《ちい》を作《つく》った人《ひと》だけに、彼《かれ》の取調《とりしら》べには毛筋《けすじ》ほどのすきもなく、検事《けんじ》でも予審判事《よしんはんじ》*でも、彼《かれ》の報告《ほうこく》とあれば全面的《ぜんめんてき》に信用《しんよう》がおけるのであった。

ところが、その綿密警部《めんみつけいぶ》の綿密周到《めんみつしゅうとう》な捜査《そうさ》にもかかわらず、室内《しつない》には、

＊予審判事《よしんはんじ》……戦前《せんぜん》の日本《にほん》では、訴《うった》えられた人《ひと》を正式《せいしき》な裁判《さいばん》にかけるかどうかを決《き》める予審《よしん》という制度《せいど》があった。予審判事《よしんはんじ》はその手続《てつづ》きをおこなっていた裁判官《さいばんかん》。

一本《いっぽん》の毛髪《もうはつ》さえも発見《はっけん》されなかった。この上《うえ》はガラス窓《まど》の指紋《しもん》と、屋外《おくがい》の足跡《あしあと》とが唯一《ゆいいつ》の頼《たの》みである。

窓《まど》ガラスは最初想像《さいしょそうぞう》した通《とお》り、掛金《かけがね》をはずすために、犯人《はんにん》がガラス切《き》りと吸盤《きゅうばん》とを使《つか》って、丸《まる》く切《き》り抜《ぬ》いたものであった。指紋《しもん》の方《ほう》はその係《かかり》のものがくるのを待《ま》つことにして、警部《けいぶ》は用意《ようい》の懐中電燈《かいちゅうでんとう》で窓《まど》のそとの地面《じめん》を照《て》らして見《み》た。

幸《さいわ》いにも雨上《あめあ》がりだったので、窓《まど》のそとにはハッキリ足跡《あしあと》が残《のこ》っていた。労働者《ろうどうしゃ》などのはく靴足袋《くつたび》*の跡《あと》で、ゴム裏《うら》の模様《もよう》が型《かた》で押《お》したように浮《う》き出《だ》している、それが裏《うら》の土塀《どべい》のところまで二列《にれつ》につづいているのは、犯人《はんにん》の往復《おうふく》したあとだ。

「女《おんな》みたいに内股《うちまた》に歩《ある》くやつだな」警部《けいぶ》のひとりごとに気《き》づくと、なる

＊靴足袋《くつたび》……くるぶしまである長《なが》めの足袋《たび》。足《あし》にピッタリしたはきもので、動《うご》きやすい。

ほどその足跡《あしあと》はみな爪先《つまさき》の方《ほう》が踵《かかと》よりも内側《うちがわ》になっている。ガニ股《また》の男《おとこ》には、こんな内股《うちまた》の足癖《あしくせ》がよくあるものだ。

そこで、警部《けいぶ》は部下《ぶか》に靴《くつ》を持《も》ってこさせ、それをはくと、窓《まど》をまたいでそとの地面《じめん》に降《お》り、懐中電燈《かいちゅうでんとう》をたよりに、靴足袋《くつたび》のあとをたどって行《い》った。

それを見《み》ると、人一倍好奇心《ひといちばいこうきしん》の強《つよ》い私《わたし》は、邪魔《じゃま》になるとは知《し》りながら、もうじっとはしていられず、いきなり日本座敷《にほんざしき》の縁側《えんがわ》からまわって警部《けいぶ》のあとを追《お》ったものである。むろん犯人《はんにん》の足跡《あしあと》を見《み》るためだ。

ところが行《い》ってみると足跡検分《あしあとけんぶん》の邪魔者《じゃまもの》は私一人《わたしひとり》でないことがわかった。もうちゃんと先客《せんきゃく》がある。やはり誕生祝《たんじょういわ》いに呼《よ》ばれていた赤井《あかい》さんであった。いつの間《ま》に出《で》てきたのか、実《じつ》にすばしっこい人《ひと》だ。

赤井《あかい》さんがどういう素姓《すじょう》の人《ひと》だか、結城家《ゆうきけ》とどんな関係《かんけい》があるのか、私《わたし》は何《なに》も知《し》らなかった。弘一君《ひろかずくん》さえハッキリしたことは知《し》らないらしい。二十七《にじゅうしち》、八《はち》の、頭《あたま》の毛《け》をモジャモジャさせた痩《や》せ形《がた》の男《おとこ》で、非常《ひじょう》に無口《むくち》なくせに、いつもニヤニヤと微《び》笑《しょう》を浮《う》かべている、えたいの知《し》れない人物《じんぶつ》であった。

彼《かれ》はよく結城家《ゆうきけ》へ碁《ご》をうちに来《き》た。そして、いつも夜《よ》ふかしをして、

ちょいちょい泊《とま》り込《こ》んで行《い》くこともあった。

少将《しょうしょう》は彼《かれ》をあるクラブで見《み》つけた碁《ご》の好敵手《こうてきしゅ》だといっていた。その晩《ばん》は招《まね》かれて宴会《えんかい》の席《せき》に列《れっ》したのだが、事件《じけん》の起《お》こった時《とき》には、二階《にかい》の大《おお》広間《ひろま》には見《み》えなかった。どこか下《した》の座敷《ざしき》にでもいたのであろう。

だが、私《わたし》はある偶然《ぐうぜん》のことから、この人《ひと》が探偵好《たんていず》きであることを知《し》っていた。私《わたし》が結城家《ゆうきけ》に泊《とま》り込《こ》んだ二日目《ふつかめ》であったか、赤井《あかい》さんと弘一君《ひろかずくん》とが、事件《じけん》の起《お》こった書斎《しょさい》で話《はな》しているところへ行《い》き合《あ》わせた。赤井《あかい》さんはその少将《しょうしょう》の書斎《しょさい》に持《も》ち込《こ》んであった弘一君《ひろかずくん》の本棚《ほんだな》を見《み》て何《なに》か言《い》っていた。弘一君《ひろかずくん》は大《だい》の探偵好《たんていず》きであったから（それは、この事件《じけん》でのちに被害者《ひがいしゃ》の彼自身《かれじしん》が探偵《たんてい》の役目《やくめ》をつとめたほどである）、そこには犯罪学《はんざいがく》や探偵談《たんていだん》の書物《しょもつ》がたくさん並《なら》んでいるのだ。

彼《かれ》らは内外《ないがい》の名探偵《めいたんてい》について、論《ろん》じあっているらしかった。＊ヴィドック以来《いらい》の実際《じっさい》の探偵《たんてい》や、＊デュパン以来《いらい》の小説上《しょうせつじょう》の探偵《たんてい》が話題《わだい》にのぼった。また弘一君《ひろかずくん》はそこにあった「明智小五郎探偵談《あけちこごろうたんていだん》」という書物《しょもつ》を指《ゆび》さして、この男《おとこ》はいやに理窟《りくつ》っぽいばかりだとけなした。赤井《あかい》さんもしきりに同感《どうかん》していた。彼《かれ》らはいずれおとらぬ探偵通《たんていつう》で、その方《ほう》では非常《ひじょう》に話《はなし》が合《あ》うらしかった。

そういう赤井《あかい》さんが、この犯罪事件《はんざいじけん》に興味《きょうみ》をもち、私《わたし》の先《さき》を越《こ》して、足跡《あしあと》を見《み》に来《き》たのはまことに無理《むり》もないことである。

余談《よだん》はさておき、波多野司法主任《はたのしほうしゅにん》は、

「足跡《あしあと》をふまぬように気《き》をつけてください」

と、二人《ふたり》の邪魔者《じゃまもの》に注意《ちゅうい》しながら、無言《むごん》で足跡《あしあと》を調《しら》べて行《い》った。犯人《はんにん》

＊ヴィドック……十八世紀《せいき》から十九世紀《せいき》にかけて、フランスに実在《じつざい》した大泥棒《おおどろぼう》。のちに警察《けいさつ》に協力《きょうりょく》し、さらにフランス最初《さいしょ》の私立探偵《しりつたんてい》になった。

＊デュパン……アメリカの作家《さっか》エドガー・アラン・ポーが生《う》んだ、小説初《しょうせつはつ》の名探偵《めいたんてい》。

が低《ひく》い土塀《どべい》を乗《の》り越《こ》えて逃《に》げたらしいことがわかると、土塀《どべい》のそとを調《しら》べる前《まえ》に、一度《いちど》洋館《ようかん》の方《ほう》へ引《ひ》き返《かえ》して、何《なに》か邸内《ていない》の人《ひと》に頼《たの》んでいる様子《ようす》だったが、間《ま》もなく炊事用《すいじよう》の摺鉢《すりばち》をかかえてきて、もっともハッキリした一《ひと》つの足跡《あしあと》の上《うえ》にそれをふせた。あとで型《かた》をとる時《とき》まで原型《げんけい》をくずさぬ用心《ようじん》である。

やたらにふせたがる探偵《たんてい》だ。

それから私《わたし》たち三人《さんにん》は裏木戸《うらきど》をあけて、塀《へい》のそとにまわったが、そのあたり一帯《いったい》、誰《だれ》かの屋敷跡《やしきあと》の空地《あきち》で、人通《ひとどお》りなぞないものだから、まぎらわしい足跡《あしあと》もなく、犯人《はんにん》のそれだけが、どこまでもハッキリと残《のこ》っていた。

ところが懐中電燈《かいちゅうでんとう》を振《ふ》りふり、空地《あきち》を半丁《はんちょう》*ほども進《すす》んだ時《とき》である。波《は》

*半丁《はんちょう》……約《やく》五四・五メートル。一丁《いっちょう》は約《やく》一〇九メートル。

多野氏《たのし》は突然《とつぜん》立《た》ち止《ど》まって、当惑《とうわく》したようにさけんだ。

「おやおや、犯人《はんにん》は井戸《いど》の中《なか》へ飛《と》び込《こ》んだのかしら」

私《わたし》は警部《けいぶ》の突飛《とっぴ》な言葉《ことば》に、あっけにとられたが、よく調《しら》べてみると、なるほど彼《かれ》のいうのがもっともであった。足跡《あしあと》は空地《あきち》のまんなかの一《ひと》つの古井戸《ふるいど》のそばで終《お》わっている。出発点《しゅっぱつてん》もそこだ。いくら電燈《でんとう》で照《て》らして見《み》ても、井戸《いど》のまわり五《ご》、六間《ろっけん》*のあいだ、ほかに一《ひと》つの足跡《あしあと》もない。しかもその辺《へん》は、決《けっ》して足跡《あしあと》のつかぬような硬《かた》い土《つち》ではないのだ。また足跡《あしあと》を隠《かく》すほどの草《くさ》もはえてはいない。

それは、漆喰《しっくい》の丸《まる》い井戸側《いどがわ》が、ほとんど欠《か》けてしまって、なんとなく不気味《ぶきみ》な古井戸《ふるいど》であった。電燈《でんとう》の光《ひかり》で中《なか》をのぞいて見《み》ると、ひどくひびわれた漆喰《しっくい》が、ずっと下《した》の方《ほう》までつづいていて、その底《そこ》ににぶく光《ひか》って

＊五《ご》、六間《ろっけん》……約《やく》九〜一一メートル。一間《いっけん》は約《やく》一・八メートル。

見《み》えるのは腐《くさ》り水《みず》であろう、ブヨブヨと物《もの》の怪《け》でも泳《およ》いでいそうな感《かん》じがした。

盗賊《とうぞく》が井戸《いど》から現《あら》われて、また井戸《いど》の中《なか》へ消《き》えたなどとは、いかにも信《しん》じがたいことであった。*お菊《きく》の幽霊《ゆうれい》ではあるまいし。だが、彼《かれ》がそこから風船《ふうせん》にでも乗《の》って飛《と》んでいかなかったかぎり、この足跡《あしあと》は犯人《はんにん》が井《い》戸《ど》の中《なか》へはいったとしか解釈《かいしゃく》できないのである。

さすがの科学探偵《かがくたんてい》波多野警部《はたのけいぶ》も、ここでハタと行《い》きづまったように見《み》えた。彼《かれ》は入念《にゅうねん》にも、部下《ぶか》の刑事《けいじ》に竹竿《たけざお》を持《も》ってこさせて、井戸《いど》の中《なか》をかきまわしてみたが、むろんなんの手《て》ごたえもなかった。といって、井《い》戸側《どがわ》の漆喰《しっくい》に仕《し》かけがあって、地下《ちか》に抜《ぬ》け穴《あな》が通《つう》じているなどは、あまりに荒唐無稽《こうとうむけい》な想像《そうぞう》である。

*お菊《きく》の幽霊《ゆうれい》……『番町皿屋敷《ばんちょうさらやしき》』などの怪談《かいだん》に出《で》てくる、井戸《いど》から現《あら》われる女《おんな》の幽霊《ゆうれい》。

「こう暗《くら》くては、こまかいことがわからん。あすの朝《あさ》もう一度《いちど》調《しら》べてみるとしよう」

波多野氏《はたのし》はブツブツと独《ひと》り言《ごと》を言《い》いながら、屋敷《やしき》の方《ほう》へ引《ひ》き返《かえ》して行《い》った。

それから、裁判所《さいばんしょ》の一行《いっこう》の到着《とうちゃく》を待《ま》つあいだに、勤勉《きんべん》な波多野氏《はたのし》は、邸内《ていない》の人々《ひとびと》の陳述《ちんじゅつ》を聞《き》きとり、現場《げんば》の見取図《みとりず》を作製《さくせい》した。彼《かれ》は用意周到《よういしゅうとう》にいつも携帯《けいたい》している巻尺《まきじゃく》を取《と》り出《だ》して、負傷者《ふしょうしゃ》の倒《たお》れていた位置《いち》（それは血痕《けっこん》などでわかった）、足跡《あしあと》の歩幅《ほはば》、来《く》るときと帰《かえ》るときの足跡《あしあと》の間隔《かんかく》、洋館《ようかん》の間取《まどり》、窓《まど》の位置《いち》、庭《にわ》の樹木《じゅもく》や池《いけ》や塀《へい》の位置《いち》などを、不必要《ふひつよう》だと思《おも》われるほど入念《にゅうねん》に計《はか》って、手帳《てちょう》にその見取図《みとりず》を書《か》きつけた。

だが、警部《けいぶ》のこの努力《どりょく》は決《けっ》してむだではなかった。素人考《しろうとかんが》えに不必要《ふひつよう》だと思《おも》われたことも、のちにははなはだ必要《ひつよう》であったことがわかった。

そのときの警部《けいぶ》の見取図《みとりず》をまねて、読者諸君《どくしゃしょくん》のために、ここにそれを掲《かか》げておく。これは事件《じけん》が解決《かいけつ》したあとで、結果《けっか》から割《わ》り出《だ》して私《わたし》が作《つく》った図《ず》であるから、警部《けいぶ》のほど正《せい》確《かく》ではないが、そのかわり、事件解《じけんかい》決《けつ》に重大《じゅうだい》な関係《かんけい》のあった点《てん》は、間違《まちが》

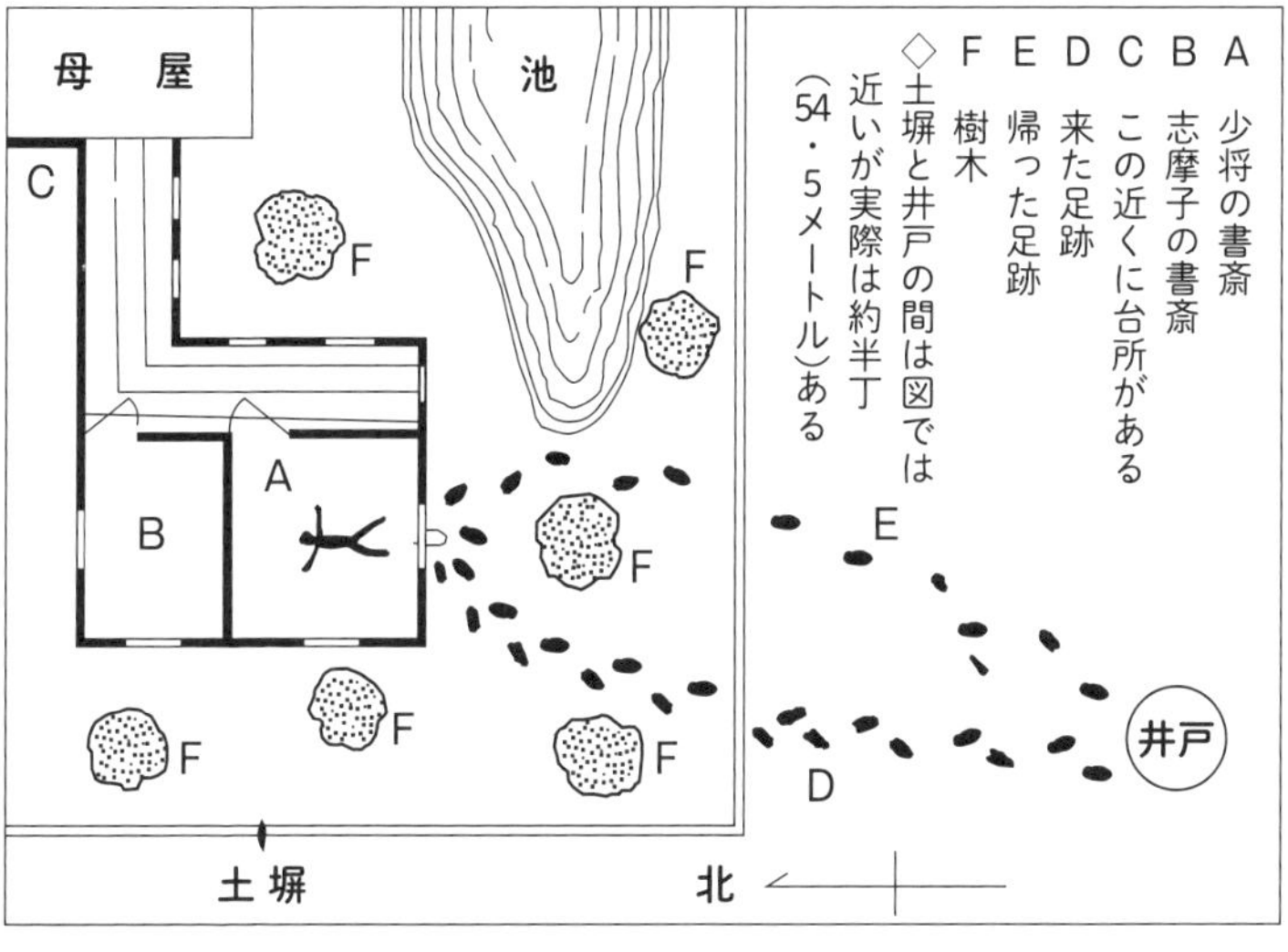

いなく、むしろいくぶん誇張《こちょう》して現《あら》わしてある。

のちになってわかることだが、この図面《ずめん》は、犯罪事件《はんざいじけん》について、案外《あんがい》いろいろなことを物語《ものがた》っているのである。ごく手近《てぢか》な一例《いちれい》を上《あ》げると、犯人《はんにん》の往復《おうふく》の足跡《あしあと》の図《ず》だ。それは彼《かれ》が女《おんな》のように内股《うちまた》であったことをしめすばかりではない、Dの方《ほう》は歩幅《ほはば》がせまく、Eの方《ほう》はその倍《ばい》も広《ひろ》くなっているが、これはDはくる時《とき》のオズオズした足取《あしど》りを意味《いみ》し、Eはピストルを射《う》って、一目散《いちもくさん》に逃《に》げ去《さ》る時《とき》のあわただしい足取《あしど》りを現《あら》わすものである。つまりDが往《おう》、Eが復《ふく》の足跡《あしあと》であることがわかる（波多野氏《はたのし》はこの両方《りょうほう》の歩幅《ほはば》を精密《せいみつ》にはかり、犯人《はんにん》の身長計算《しんちょうけいさん》の基礎《きそ》として、その数《すう》字《じ》を書《か》きとめたが、ここではあまりくだくだしくなるから省《はぶ》いておく）。

だが、これは一例《いちれい》にすぎないのだ。この足跡《あしあと》の図《ず》にはもっと別《べつ》の意味《いみ》がある。また負傷者《ふしょうしゃ》の位置《いち》その他《たに》二、三《さん》の点《てん》について、のちに重大《じゅうだい》な意《い》味《み》を生《しょう》じてくる部分《ぶぶん》がある。私《わたし》は順序《じゅんじょ》を追《お》って話《はな》すために、ここではその点《てん》に触《ふ》れないが、読者諸君《どくしゃしょくん》は、よくよくこの図《ず》を記憶《きおく》にとどめておいていただきたい。

つぎに邸内《ていない》の人々《ひとびと》の取調《とりしら》べについて一言《いちごん》すると、第一《だいいち》に質問《しつもん》を受《う》けたのは凶行《きょうこう》の最初《さいしょ》の目撃者《もくげきしゃ》甲田伸太郎《こうだしんたろう》君《くん》であった。

彼《かれ》は弘一君《ひろかずくん》よりも二十分《にじっぷん》ばかり前《まえ》に、母屋《おもや》の二階《にかい》をおりて、階下《かいか》の手《て》洗所《あらいじょ》にはいり、用《よう》をすませてからも、玄関《げんかん》に出《で》て酒《さけ》にほてった頬《ほお》を冷《ひ》やしていたが、もう一度《いちど》二階《にかい》の宴席《えんせき》へもどるために、廊下《ろうか》を引《ひ》き返《かえ》してくると、突然《とつぜん》の銃声《じゅうせい》につづいて弘一君《ひろかずくん》のうめき声《ごえ》が聞《き》こえた。

いきなり洋館《ようかん》にかけつけると、書斎《しょさい》のドアは半《はん》びらきになって、中《なか》は

電燈《でんとう》もつかずまっくらだった。彼《かれ》がそこまで話《はな》してきたとき、警部《けいぶ》は、

「電燈《でんとう》がついてなかったのですね」

と、なぜか念《ねん》を押《お》して聞《き》き返《かえ》した。

「ええ、弘一君《ひろかずくん》はたぶんスイッチを押《お》す間《ま》がなかったのでしょう」

甲田君《こうだくん》が答《こた》えた。

「私《わたし》は書斎《しょさい》へかけつけると、まず壁《かべ》のスイッチを押《お》して電燈《でんとう》をつけました。すると、部屋《へや》のまん中《なか》に弘一君《ひろかずくん》が血《ち》に染《そ》まって気《き》を失《うしな》って倒《たお》れていたのです。私《わたし》はすぐ母屋《おもや》の方《ほう》へ走《はし》っていって、大声《おおごえ》で家《いえ》の人《ひと》を呼《よ》びたてました」

「その時《とき》、君《きみ》は犯人《はんにん》の姿《すがた》を見《み》なかったのですね」

警部《けいぶ》が最初《さいしょ》に聞《き》きとったことを、もういちどたずねた。

「見《み》ませんでした。もう窓《まど》のそとへ出《で》てしまっていたのでしょう。窓《まど》のそとはまっくらですから……」

「そのほかに何《なに》か変《か》わったことはなかったですか。ほんの些《さ》細《さい》なことでも」

「ええ、別《べつ》に……ああ、そうそう、つまらないことですけれど、私《わたし》がかけつけた時《とき》、書斎《しょさい》の中《なか》から猫《ねこ》が飛《と》び出《だ》してきてびっくりしたのをおぼえています。久松《ひさまつ》のやつが鉄砲玉《てっぽうだま》のように飛《と》び出《だ》してきました」

「久松《ひさまつ》って猫《ねこ》の名《な》ですか」

「ええ、ここの家《いえ》の猫《ねこ》です。志摩子《しまこ》さんのペットです」

警部《けいぶ》はそれを聞《き》いて変《へん》な顔《かお》をした。ここに暗闇《くらやみ》の中《なか》でもハッキリと犯《はん》人《にん》の顔《かお》を見《み》たものがあるのだ。だが、猫《ねこ》はものをいうことができない。

それから結城家《ゆうきけ》の人々《ひとびと》（召使《めしつか》いも）、赤井《あかい》さん、私《わたし》、その他来客一同《たらいきゃくいちどう》が質問《しつもん》を受《う》けたが、誰《だれ》もとくに変《か》わった答《こた》えをしなかった。病院《びょういん》へつき添《そ》って行《い》って、その場《ば》に居合《いあ》わせなかった夫人《ふじん》と志摩子《しまこ》さんは、翌日取《よくじつと》り調《しら》べを受《う》けたが、そのときの志摩子《しまこ》さんの返事《へんじ》が、少《すこ》し変《か》わっていたのをあとで伝聞《でんぶん》したので、ついでにここにしるしておく。

警部《けいぶ》の「どんな些細《ささい》なことでも」という例《れい》の調子《ちょうし》にさそわれて、彼女《かのじょ》は次《つぎ》のようなことを申《もう》し述《の》べた。

「私《わたし》の思《おも》い違《ちが》いかもしれませんけれど、私《わたし》の書斎《しょさい》へも誰《だれ》かはいった者《もの》があるらしいのでございます」図面《ずめん》にしるした通《とお》り彼女《かのじょ》の書斎《しょさい》は問題《もんだい》の少将《しょう》の書斎《しょさい》の隣室《りんしつ》である。

「別《べつ》になくなったものはございませんが、私《わたし》の机《つくえ》の引出《ひきだ》しを誰《だれ》かあけたものがあるのです。きのうの夕方《ゆうがた》たしかにそこへ入《い》れておいた私《わたし》の日記《にっき》帳《ちょう》が、けさ見《み》ますと、机《つくえ》の上《うえ》にひろげたまま乱暴《らんぼう》にほうり出《だ》してありました。引出《ひきだ》しもひらいたままなんです。家《いえ》の人《ひと》は、私《わたし》の引出《ひきだ》しなんかあけるようなものはございませんのに、なんだか変《へん》だと存《ぞん》じましたので……でもつまらないことですわ」

警部《けいぶ》は志摩子《しまこ》さんの話《はなし》を、そのまま聞《き》き流《なが》してしまったが、あとで考《かんが》えると、この日記帳《にっきちょう》の一件《いっけん》にもなかなか意味《いみ》があったのである。

話《はなし》は元《もと》にもどる。それからしばらくして、やっと裁判所《さいばんしょ》の一行《いっこう》がやってきた。専門家《せんもんか》がきて、指紋《しもん》をしらべたりした。しかし、その結果《けっか》は、波多野警部《はたのけいぶ》の調《しら》べ上《あ》げた以上《いじょう》の収穫《しゅうかく》は何《なに》もなかった。問題《もんだい》の窓《まど》ガラスは布《ぬの》でふきとった形跡《けいせき》があり、指紋《しもん》は一《ひと》つも出《で》なかった。窓《まど》の外《そと》の地上《ちじょう》に落《お》ち散《ち》っていたガラスの破片《はへん》にさえ一《ひと》つの指紋《しもん》もなかった。この一事《いちじ》をもってしても、犯人《はんにん》が並《なみ》たいていのやつでないことがわかるのだ。

最後《さいご》に、警部《けいぶ》は部下《ぶか》に命《めい》じて、さっき擂鉢《すりばち》でふせておいた足跡《あしあと》の型《かた》を、石膏《せっこう》でとらせ、大切《たいせつ》そうに警察署《けいさつしょ》へ持《も》ち帰《かえ》った。

騒《さわ》ぎがすんで、一同《いちどう》ともかくも床《とこ》についたのは二時頃《にじごろ》であった。私《わたし》は甲田君《こうだくん》と床《とこ》をならべて寝《ね》たが、両人《りょうにん》とも興奮《こうふん》のため寝《ね》つかれず、ほとんど一晩《ひとばん》じゅう寝返《ねがえ》りばかりうっていた。そのくせ、私《わたし》たちは、なぜか事件《じけん》については一《ひと》ことも話《はなし》をしなかった。

三　金《きん》ピカの赤井《あかい》さん

翌朝《よくあさ》、寝坊《ねぼう》な私《わたし》が五時《ごじ》に床《とこ》を出《で》た。例《れい》の不可解《ふかかい》な足跡《あしあと》を朝《あさ》の光《ひかり》で見直《みなお》そういうのだ。私《わたし》もなかなかの猟奇者《りょうきもの》*であった。

甲田君《こうだくん》はよく眠《ねむ》っていたので、なるべく音《おと》をたてぬように、縁側《えんがわ》の雨《あま》戸《ど》をあけ、庭下駄《にわげた》で洋館《ようかん》のそとへまわって行《い》った。

ところが、驚《おどろ》いたことには、またしても私《わたし》の先客《せんきゃく》がいる。やっぱり赤《あか》井《い》さんである。いつも私《わたし》の先《さき》へ先《さき》へとまわる男《おとこ》だ。しかし、彼《かれ》は足跡《あしあと》を見《み》てはいなかった。なんだか知《し》らぬがもっとほかのものを見《み》ている。

彼《かれ》は洋館《ようかん》の南側《みなみがわ》（足跡《あしあと》のついていた側《がわ》）の西《にし》のはずれに立《た》って、建物《たてもの》に身《み》をかくして、首《くび》だけで西側《にしがわ》の北《きた》よりの方角《ほうがく》を覗《のぞ》いているのだ。そんなところに何《なに》があるのだろう。その方角《ほうがく》には、洋館《ようかん》のうしろがわに母屋《おもや》の台所口《だいどころぐち》があって、その前《まえ》に、常爺《つねじい》さんがなぐさみに作《つく》っている花壇《かだん》があるばかりだ。別《べつ》に美《うつく》しい花《はな》が咲《さ》いているわけでもない。

＊猟奇者《りょうきもの》……怪奇《かいき》な出来事《できごと》や異常《いじょう》なことに興味《きょうみ》を持《も》つ人《ひと》のこと。

私《わたし》は先手《せんて》を打《う》たれて、少々小癪《しょうしょうこしゃく》にさわっていたものだから、一《ひと》つ驚《おどろ》かせてやろうと思《おも》って、足音《あしおと》を忍《しの》ばせて彼《かれ》のうしろに近寄《ちかよ》り、出《だ》し抜《ぬ》けにポンと肩《かた》をたたいたものである。すると相手《あいて》は予想以上《よそういじょう》に驚《おどろ》いて、ビクッとしてふり向《む》いたが、なぜかばかげて大《おお》きな声《こえ》で、

「やあ、松村《まつむら》さんでしたか」

とどなった。その声《こえ》に私《わたし》の方《ほう》がどぎもを抜《ぬ》かれたほどである。そして、赤井《あかい》さんは、私《わたし》をおし返《かえ》すようにして、つまり建物《たてもの》の向側《むかいがわ》を見《み》せないようにして、つまらない天気《てんき》の話《はなし》などをはじめるのだった。

こいつはいよいよおかしいと思《おも》うと、私《わたし》はもうたまらなくなり、赤井《あかい》さんの感情《かんじょう》を害《がい》してもかまわぬと思《おも》って、邪魔《じゃま》する彼《かれ》をつきのけるようにして、建物《たてもの》のはずれに出《で》て、北《きた》の方《ほう》をながめたが、別《べつ》に変《か》わったものも

見《み》えぬ。ただ、早起《はやお》きの常爺《つねじい》さんが、もう花壇《かだん》いじりをはじめていたばかりだ。赤井《あかい》さんはいったい全体《ぜんたい》、何《なに》をあんなに熱心《ねっしん》にのぞいていたのだろう。

不審《ふしん》に思《おも》って赤井《あかい》さんの顔《かお》をながめると、彼《かれ》は不得要領《ふとくようりょう》にニヤニヤ笑《わら》っているばかりである。

「今何《いまなに》をのぞいていらっしゃったのです」

私《わたし》は思《おも》いきってたずねてみた。すると彼《かれ》は、

「何《なに》ものぞいてなんかいやしませんよ。それはそうと、あなたは、ゆうべの足跡《あしあと》を調《しら》べに出《で》ていらっしゃったのでしょう。え、違《ちが》いますか」

と、ごまかしてしまった。私《わたし》が仕方《しかた》なくそうだと答《こた》えると、

「じゃあ、いっしょに見《み》に行《い》きましょう。私《わたし》も実《じつ》はこれからそれを見《み》に

行《い》こうと思《おも》っていたところなんですよ」

と誘《さそ》いかける。だが、そういう彼《かれ》の言葉《ことば》も、嘘《うそ》っぱちであったことがじきわかった。塀《へい》のそとへ出《で》てみると、赤井《あかい》さんの足跡《あしあと》が四本《よんほん》ついていた。つまり二《に》往復《おうふく》の跡《あと》だ。一往復《いちおうふく》は私《わたし》の先《さき》まわりをしてけさ見《み》に行《い》った足跡《あしあと》に違《ちが》いない。何《なに》が「これから」なものか、もうちゃんと見《み》てしまっているのだ。

井戸《いど》のそばに着《つ》いて、しばらくその辺《へん》をしらべてみたが、別《べつ》にゆうべと違《ちが》ったところもなかった。足跡《あしあと》は確《たし》かに井戸《いど》から発《はっ》し、井戸《いど》で終《お》わっている。ほかには、ゆうべ調《しら》べにきた私《わたし》たち三人《さんにん》の足跡《あしあと》と、もっとくわしくいえば、その辺《へん》を歩《ある》きまわった大《おお》きな野良犬《のらいぬ》の足跡《あしあと》とがあるきりだ。

「この犬《いぬ》の足跡《あしあと》が、靴足袋《くつたび》の跡《あと》だったらなあ」

私《わたし》はふとそんなひとりごとを言《い》った。なぜといって、その犬《いぬ》の足跡《あしあと》は、靴足袋《くつたび》とは反対《はんたい》の方角《ほうがく》から井戸《いど》のところへきて、その辺《へん》を歩《ある》きまわったすえ、また元《もと》の方角《ほうがく》へ帰《かえ》っていたからである。

そのとき私《わたし》はふと、外国《がいこく》のある犯罪実話《はんざいじつわ》を思《おも》い出《だ》した。古《ふる》い＊ストランド誌《し》で読《よ》んだものだ。

野原《のはら》の一軒家《いっけんや》で人殺《ひとごろ》しがおこなわれた。被害者《ひがいしゃ》は一人住《ひとりず》まいの独身者《どくしんしゃ》だった。犯人《はんにん》は外部《がいぶ》からきたものにきまっている。ところが、不思議《ふしぎ》なことに、凶行以前《きょうこういぜん》に降《ふ》りやんだ雪《ゆき》の上《うえ》に、人間《にんげん》の足跡《あしあと》というものが全然《ぜんぜん》なかった。犯人《はんにん》は人殺《ひとごろ》しをやっておいて、そのまま空《そら》に舞《ま》い上《あ》がったとでも考《かんが》えるほかはないのだ。

だが人間《にんげん》の足跡《あしあと》こそなかったけれど、ほかのものの足跡《あしあと》はあった。一《いっ》

＊ストランド誌《し》……イギリスで発行《はっこう》されていた雑誌《ざっし》。コナン・ドイルの「シャーロック・ホームズ」シリーズを掲載《けいさい》した雑誌《ざっし》として知《し》られる。

匹《ぴき》の馬《うま》がその家《いえ》まできて、また帰《かえ》って行《い》った蹄鉄《ていてつ》の跡《あと》であった。

そこで、一時《いちじ》は被害者《ひがいしゃ》は馬《うま》に蹴《け》り殺《ころ》されたのではないかと疑《うたが》われたが、だんだん調《しら》べていくと、結局《けっきょく》、犯人《はんにん》が足跡《あしあと》を隠《かく》すために、自分《じぶん》の靴《くつ》の裏《うら》に蹄鉄《ていてつ》を打《う》ちつけて歩《ある》いたことがわかった、という話《はなし》である。

私《わたし》は、この犬《いぬ》の足跡《あしあと》も、もしやそれと同《おな》じ性質《せいしつ》をもつものではなかろうかと思《おも》ったのだ。

なかなか大《おお》きな犬《いぬ》らしい足跡《あしあと》だから、人間《にんげん》が四《よ》つんばいになって、手《て》を足《あし》に犬《いぬ》の足跡《あしあと》に似《に》せた木《き》ぎれかなんかをつけて、こんな跡《あと》を残《のこ》したと考《かんが》えることも不可能《ふかのう》ではない。またその跡《あと》のついた時間《じかん》も、土《つち》のかわきぐあいなんかで見《み》ると、ちょうど靴足袋《くつたび》の男《おとこ》の歩《ある》いたのと同《おな》じころらしいのだ。

私《わたし》がその考《かん》えを話《はな》すと、赤井《あかい》さんはなんだか皮肉《ひにく》な調子《ちょうし》で、

「あなたはなかなかの名探偵《めいたんてい》ですね」

といったまま、ムッツリとだまり込《こ》んでしまった。妙《みょう》な男《おとこ》だ。

私《わたし》は念《ねん》のために、犬《いぬ》の足跡《あしあと》を追《お》って荒地《あれち》の向《む》こうの道路《どうろ》まで行《い》ってみたが、道路《どうろ》が石《いし》ころ道《みち》だものだから、それから先《さき》はまったく不明《ふめい》であった。「犬《いぬ》」はその道路《どうろ》を右《みぎ》へか左《ひだり》へか曲《まが》って行《い》ったものに違《ちが》いない。

しかし、私《わたし》は探偵《たんてい》ではないので、足跡《あしあと》が消《き》えると、それから先《さき》どうすればよいのか、見当《けんとう》がつかず、せっかくの思《おも》いつきも、そこまでで打《う》ち切《き》ってしまったが、あとになって、なるほど、ほんとうの探偵《たんてい》というものは、そうしたものかと思《おも》いあたるところがあった。

それから一時間《いちじかん》もして、約束通《やくそくとお》り波多野警部《はたのけいぶ》が再《ふたた》び調《しら》べにやってきた

が、ここにつけ加《くわ》えるほどの、たいした発見《はっけん》もなかった様子《ようす》だ。

朝食後《ちょうしょくご》、この騒《さわ》ぎに逗留《とうりゅう》でもあるまいというので、甲田君《こうだくん》と私《わたし》はひとまず結城邸《ゆうきてい》に別《わか》れを告《つ》げることにした。私《わたし》は内心事件《ないしんじけん》の成《な》り行《ゆ》きに未練《みれん》があったけれど、一人居残《ひとりいのこ》るわけにもいかない。いずれ東京《とうきょう》からまた出《で》掛《か》けてくればよいことだ。

帰《かえ》りみちに、弘一君《ひろかずくん》の病院《びょういん》を見舞《みま》ったことはいうまでもない。それには、結城少将《ゆうきしょうしょう》も、赤井《あかい》さんもいっしょだった。結城夫人《ゆうきふじん》と志摩子《しまこ》さんは、病院《びょういん》に泊《と》まっていたが、ゆうべは一睡《いっすい》もしなかったといって、まっさおな顔《かお》をしていた。当《とう》の弘一君《ひろかずくん》にはとても会《あ》えなかった。父少将《ちちしょうしょう》だけが、やっと病室《びょうしつ》へはいることをゆるされた。思《おも》ったよりも重態《じゅうたい》である。

それから中二日《なかふつか》おいて三日目《みっかめ》に、私《わたし》は弘一君《ひろかずくん》の見舞《みまい》かたがたその後《ご》の様子《ようす》を見《み》るために、鎌倉《かまくら》へ出《で》かけて行《い》った。

弘一君《ひろかずくん》は手術後《しゅじゅつご》の高熱《こうねつ》もとれ、もう危険《きけん》はないとのことであったが、ひどく衰弱《すいじゃく》してものをいう元気《げんき》もなかった。ちょうどその日《ひ》、波多野警部《はたのけいぶ》がきて、弘一君《ひろかずくん》に犯人《はんにん》の風体《ふうてい》を見《み》おぼえていないかとたずねたところ、同君《どうくん》は、「懐中電燈《かいちゅうでんとう》の光《ひかり》で黒《くろ》い影《かげ》のようなものを見《み》たほか、何《なに》も見《み》おぼえがない」と答《こた》えたよしである。それを私《わたし》は結城夫人《ゆうきふじん》から聞《き》いた。

病院《びょういん》を出《で》ると、私《わたし》は少将《しょうしょう》に挨拶《あいさつ》するために、ちょっと結城邸《ゆうきてい》に立《た》ち寄《よ》ったが、その帰途《きと》、実《じつ》に不思議《ふしぎ》なものを見《み》た。なんとも私《わたし》の力《ちから》では解釈《かいしゃく》のつかない出来事《できごと》である。

結城邸《ゆうきてい》を辞《じ》した私《わたし》は、猟奇者《りょうきもの》の常《つね》として、なんとなく例《れい》の古井戸《ふるいど》が気《き》にかかるものだから、そこの空地《あきち》を通《とお》って、納得《なっとく》のいくまで井戸《いど》のそばをながめまわし、それからあの犬《いぬ》の足跡《あしあと》が消《き》えていた小砂利《こじゃり》の多《おお》い道路《どうろ》に出《で》て、大《おお》まわりをして駅《えき》に向《む》かったのであるが、その途中《とちゅう》、空地《あきち》から一丁《いっちょう》とはへだたらぬ往来《おうらい》で、バッタリと赤井《あかい》さんに出会《であ》った。ヤレヤレまたしても赤井《あかい》さんである。

彼《かれ》は往来《おうらい》に面《めん》した、裕福《ゆうふく》らしい一軒《いっけん》のしもた家《や》の格子《こうし》をあけて出《で》てきたが、遠方《えんぽう》に私《わたし》の姿《すがた》をみとめると、なぜか顔《かお》をそむけて、逃《に》げるようにスタスタと向《む》こうへ歩《ある》いて行《い》く。

そうされると、私《わたし》も意地《いじ》になって、足《あし》をはやめて赤井《あかい》さんのあとを追《お》った。彼《かれ》の出《で》てきた家《いえ》の前《まえ》を通《とお》る時《とき》、表札《ひょうさつ》を見《み》ると「琴野三右衛門《ことのさんえもん》」とあった。私《わたし》はそれをよくおぼえておいて、なおも赤井《あかい》さんのあとを追《お》い、一丁《いっちょう》ばかりでとうとう彼《かれ》に追《お》いついた。

「赤井《あかい》さんじゃありませんか」

と、声《こえ》をかけると、彼《かれ》は観念《かんねん》したらしくふり向《む》いて、

「やあ、あなたもこちらへおいででしたか。僕《ぼく》もきょうは結城《ゆうき》さんをおたずねしたのですよ」

と、弁解《べんかい》がましくいった。琴野三右衛門《ことのさんえもん》をたずねたことはいわなかった。


ところが、そうしてこちらを向《む》いた赤井《あかい》さんの姿《すがた》を見《み》ると、私《わたし》はびっくりしてしまった。彼《かれ》は*錺屋《かざりや》の小僧《こぞう》か*表具屋《ひょうぐや》の弟子《でし》みたいに、からだじゅう金粉《きんぷん》だらけだ。両手《りょうて》から胸膝《むねひざ》にかけて、*梨地《なしじ》のように金色《きんいろ》の粉《こな》がくっついている、それが夏《なつ》の太陽《たいよう》に照《て》らされて、美《うつく》しくキラキラ光《ひか》っているのだ。よく見《み》ると、鼻《はな》の頭《あたま》まで、仏像《ぶつぞう》のように金色《きんいろ》だ。わけをたずねて

＊錺屋《かざりや》……金属《きんぞく》を美《うつく》しく細工《さいく》してくれる店《みせ》。
＊表具屋《ひょうぐや》……巻物《まきもの》、掛軸《かけじく》、屏風《びょうぶ》などを扱《あつか》う店《みせ》。
＊梨地《なしじ》……金粉《きんぷん》をちらして梨《なし》の皮《かわ》のようなザラザラとした手《て》ざわりにした器《うつわ》。

も、「なにちょっと」とあいまいな返事《へんじ》をしている。

当時《とうじ》の私《わたし》たちにとって「金《きん》」というものは特別《とくべつ》の意味《いみ》を持《も》っていた。弘一君《ひろかずくん》を撃《う》った犯人《はんにん》は、金製品《きんせいひん》にかぎって盗《ぬす》み去《さ》ったのである。彼《かれ》は波多野氏《たのし》のいわゆる「黄金収集狂《おうごんしゅうしゅうきょう》」なのだ。その犯罪当夜《はんざいとうや》、結城邸《ゆうきてい》に居合《いあ》わせたえたいの知《し》れぬ人物赤井《じんぶつあかい》さんが、いま金《きん》ピカの姿《すがた》をして私《わたし》の前《まえ》から逃《に》げようとした。実《じつ》に異様《いよう》な出来事《できごと》である。まさか赤井《あかい》さんが犯人《はんにん》ではなかろうが、しかし、このあいだからの不思議《ふしぎ》な挙動《きょどう》といい、この金《きん》ピカ姿《すがた》といい、なんとも合点《がてん》の行《い》かないことだ。

私《わたし》たちは双方奥歯《そうほうおくば》に物《もの》のはさまった形《かたち》で、言葉少《ことばすく》なに駅《えき》の方《ほう》へ歩《ある》いたが、私《わたし》は前々《まえまえ》から気《き》にかかりながらたずねかねていたことを、思《おも》いきってたずねてみた。

「先夜《せんや》ピストルの音《おと》がした少《すこ》し前《まえ》から、あなたは二階《にかい》の客間《きゃくま》にいらっしゃらなかったようですが、あの時《とき》あなたはどこにおいでになったのですか」

「私《わたし》は酒《さけ》に弱《よわ》いので」赤井《あかい》さんは待《ま》ち構《かま》えていたように答《こた》えた。「少《すこ》し苦《くる》しくなったものですから、そとの空気《くうき》を吸《す》いたくもあったし、ちょうど煙草《たばこ》が切《き》れたので、それを自分《じぶん》で買《か》いに出《で》かけていたのですよ」

「そうでしたか。それじゃピストルの音《おと》はお聞《き》きにならなかったわけですね」

「ええ」

と、いうようなことで、私《わたし》たちはまたプッツリだまり込《こ》んでしまったが、しばらく歩《ある》くと、今度《こんど》は赤井《あかい》さんが妙《みょう》なことを言《い》い出《だ》した。

「あの古井戸《ふるいど》の向《む》こう側《がわ》の空地《あきち》にね、事件《じけん》のあった二日前《ふつかまえ》まで、近所《きんじょ》の古木屋《ふるきや》の古材木《こざいもく》がいっぱい置《お》いてあったのです。もしその材木《ざいもく》が売《う》れてしまわなかったら、それが邪魔《じゃま》をしているので、僕《ぼく》たちの見《み》た例《れい》の犬《いぬ》の足跡《あしあと》なんかもつかなかったわけです。ね、そうじゃありませんか。僕《ぼく》はそのことをつい今《いま》しがた聞《き》いたばかりですが」

赤井《あかい》さんはつまらないことを、さも意味《いみ》ありげにいうのだ。てれ隠《かく》しか、そうでなければ、彼《かれ》はやっぱり利口《りこう》ぶった薄《うす》ばかである。なぜといって、事件《じけん》の二日前《ふつかまえ》にそこに材木《ざいもく》が置《お》いてあろうがなかろうが、事件《じけん》にはなんの関係《かんけい》もないことだ。そのために足跡《あしあと》がさまたげられるわけもない。まったく無意味《むいみ》なことである。私《わたし》がそれをいうと、赤井《あかい》さんは、

「そういってしまえば、それまでですがね」

と、まだもったいぶっている。実《じつ》に変《へん》な男《おとこ》だ。

四　病床《びょうしょう》の素人探偵《しろうとたんてい》

その日《ひ》は、ほかにたいした出来事《できごと》もなく帰宅《きたく》したが、それからまた一週間《いっしゅうかん》ばかりたって、私《わたし》は三度目《さんどめ》の鎌倉行《かまくらい》きをした。弘一君《ひろかずくん》はまだ入院《にゅういん》していたけれど、気分《きぶん》はすっかり回復《かいふく》したから話《はなし》にこいという通知《つうち》を受《う》け取《と》ったのである。その一週間《いっしゅうかん》のあいだに、警察《けいさつ》の方《ほう》の犯人捜査《はんにんそうさ》がどんなふうになっていたかは、結城家《ゆうきけ》の人《ひと》から通知《つうち》もなく、新聞《しんぶん》にもいっこう記事《きじ》が出《で》なかったので、私《わたし》は何《なに》も知《し》るところがなかった。むろんまだ犯《はん》人《にん》は発見《はっけん》されないのであろう。

病室《びょうしつ》にはいってみると、弘一君《ひろかずくん》は、まだ青白《あおじろ》くはあるがなかなか元気《げんき》な様子《ようす》で、諸方《しょほう》から送《おく》られた花束《はなたば》と、母夫人《ははふじん》と、看護婦《かんごふ》にとりまかれていた。

「ああ、松村君《まつむらくん》よくきてくれたね」

彼《かれ》は私《わたし》の顔《かお》を見《み》ると、うれしそうに手《て》をさし出《だ》した。私《わたし》はそれをにぎって回復《かいふく》の喜《よろこ》びを述《の》べた。

「だが、僕《ぼく》は一生足《いっしょうあし》が不自由《ふじゆう》なのだよ」

弘一君《ひろかずくん》が暗然《あんぜん》としていった。私《わたし》は答《こた》えるすべを知《し》らなかった。母夫人《ははふじん》は傍見《わきみ》をして眼《め》をしばたたいていた。

しばらく雑談《ざつだん》をかわしていると、夫人《ふじん》はそとに買物《かいもの》があるからといって、あとを私《わたし》に頼《たの》んでおいて、席《せき》をはずしてくれた。弘一君《ひろかずくん》はその上《うえ》に看護婦《かんごふ》も遠《とお》ざけてしまったので、私《わたし》たちはもう何《なに》を話《はな》してもさしつかえなかった。そこで、まず話題《わだい》にのぼったのは事件《じけん》のことである。弘一君《ひろかずくん》の語《かた》るところによると、警察《けいさつ》では、あれから例《れい》の古井戸《ふるいど》をさらってみたり、足跡《あしあと》の靴足袋《くつたび》と同《おな》じ品《しな》を売《う》った店《みせ》を調《しら》べたりしたが、古井戸《いど》の底《そこ》からは何《なに》も出《で》ず、靴足袋《くつたび》はごくありふれた品《しな》で、どこの足袋屋《たびや》でも日《ひ》に何足《なんそく》と売《う》っていることがわかった。つまりなんの得《え》るところもなかったわけである。

波多野警部《はたのけいぶ》は、被害者《ひがいしゃ》の父《ちち》が陸軍省《りくぐんしょう》の重要《じゅうよう》な人物《じんぶつ》なので、土地《とち》の有力者《ゆうりょくしゃ》として敬意《けいい》を表《あらわ》し、たびたび弘一君《ひろかずくん》の病室《びょうしつ》を見舞《みま》い、弘一君《ひろかずくん》が犯罪捜査《はんざいそうさ》に興味《きょうみ》を持《も》っていることがわかると、捜査《そうさ》の状況《じょうきょう》を逐一話《ちくいちはな》して聞《き》かせてさえくれたのである。

「そういうわけで、警察《けいさつ》で知《し》っているだけのことは僕《ぼく》にもわかっているんだが、実《じつ》に不思議《ふしぎ》な事件《じけん》だね。犯人《はんにん》の足跡《あしあと》が広場《ひろば》のまんなかでポッツリ消《き》えていたなんて、まるで探偵小説《たんていしょうせつ》みたいだね。それに金製品《きんせいひん》に限《かぎ》って盗《ぬす》んだというのもおかしい。君《きみ》は何《なに》かほかに聞《き》きこんだことはないかね」

弘一君《ひろかずくん》は、当《とう》の被害者《ひがいしゃ》であった上《うえ》に、日頃《ひごろ》の探偵好《たんていず》きから、この事件《じけん》に非常《ひじょう》な興味《きょうみ》を感《かん》じている様子《ようす》だった。

そこで私《わたし》は、彼《かれ》のまだ知《し》らない事実《じじつ》、すなわち赤井《あかい》さんの数々《かずかず》の異様《いよう》な挙動《きょどう》、犬《いぬ》の足跡《あしあと》のこと、事件当夜《じけんとうや》、常爺《つねじい》さんが窓際《まどぎわ》にすわった妙《みょう》な仕《し》草《ぐさ》のことなど、すべて話《はな》して聞《き》かせた。

弘一君《ひろかずくん》は私《わたし》の話《はなし》を「フンフン」とうなずいて、緊張《きんちょう》して聞《き》いていたが、私《わたし》が話《はな》し終《お》わると、ひどく考《かんが》え込《こ》んでしまった。からだにさわりはしないかと心配《しんぱい》になるほど、じっと眼《め》をつむって考《かんが》え込《こ》んでいた。が、やがて眼《め》をひらくと非常《ひじょう》に緊張《きんちょう》した様子《ようす》でつぶやいた。

「ことによると、これは皆《みな》が考《かんが》えているよりも、ずっと恐《おそ》ろしい犯罪《はんざい》だよ」

「恐《おそ》ろしいといって、ただの泥棒《どろぼう》ではないというのかね」

弘一君《ひろかずくん》の恐怖《きょうふ》の表情《ひょうじょう》に打《う》たれて、私《わたし》は思《おも》わず真剣《しんけん》な調子《ちょうし》になった。

「ウン、僕《ぼく》が今《いま》ふと想像《そうぞう》したのは途方《とほう》もないことだ。泥棒《どろぼう》なんてなまやさしい犯罪《はんざい》ではない。ゾッとするような陰謀《いんぼう》だ。恐《おそ》ろしいと同時《どうじ》に、許《ゆる》しがたい悪魔《あくま》の所業《しょぎょう》だ」

弘一君《ひろかずくん》の痩《や》せた青《あお》ざめた顔《かお》が、まっ白《しろ》なベッドの中《なか》にうずまって、天《てん》井《じょう》を凝視《ぎょうし》しながら、低《ひく》い声《こえ》で謎《なぞ》のようなことをいっている。夏《なつ》の真昼《まひる》、セミの声《こえ》がパッタリやんで、夢《ゆめ》の中《なか》の砂漠《さばく》みたいに静《しず》かである。

「君《きみ》はいったい何《なに》を考《かんが》えているのだ」

私《わたし》は少《すこ》しこわくなって尋《たず》ねた。

「いや、それはいえない」弘一君《ひろかずくん》はやっぱり天井《てんじょう》を見《み》つめたままで答《こた》える。「まだ僕《ぼく》の白昼《はくちゅう》の夢《ゆめ》でしかないからだ。それに、あんまり恐《おそ》ろしいことだ。まずゆっくり考《かんが》えてみよう。材料《ざいりょう》は豊富《ほうふ》にそろっている。この事件《じけん》には、奇怪《きかい》な事実《じじつ》がみちみちている。が、表面奇怪《ひょうめんきかい》なだけに、その裏《うら》にひそんでいる真理《しんり》は、案外単純《あんがいたんじゅん》かもしれない」

弘一君《ひろかずくん》は自分自身《じぶんじしん》にいい聞《き》かせる調子《ちょうし》でそこまでしゃべると、また眼《め》をとじてだまり込《こ》んでしまった。

彼《かれ》の頭《あたま》の中《なか》で、なにごとかある恐《おそ》ろしい真実《しんじつ》が、徐々《じょじょ》に形作《かたちづく》られているのであろう。だが、私《わたし》はそれがなんであるか、想像《そうぞう》することもできなかった。

「第一《だいいち》の不思議《ふしぎ》は、古井戸《ふるいど》から発《はっ》して、古井戸《ふるいど》で終《お》わっている足跡《あしあと》だね」

弘一君《ひろかずくん》は考《かんが》え考《かんが》えしゃべりはじめた。

「古井戸《ふるいど》というものに何《なに》か意味《いみ》があるのかしら……いやいや、その考《かんが》え方《かた》がいけないのだ。もっと別《べつ》の解釈《かいしゃく》があるはずだ。松村君《まつむらくん》、君《きみ》は覚《おぼ》えているかね。僕《ぼく》はこのあいだ波多野《はたの》さんに現場《げんば》の見取図《みとりず》を見《み》せてもらって、要点《ようてん》だけは記憶《きおく》しているつもりだが、あの足跡《あしあと》には変《へん》なところがあったね。犯人《はんにん》が女《おんな》みたいに内股《うちまた》に歩《ある》くやつだということも一《ひと》つだが、これはむろん非常《ひじょう》に大切《たいせつ》な点《てん》だが、そのほかに、もっと変《へん》なところがあった。波多野《はたの》さんは、僕《ぼく》がそれを注意《ちゅうい》しても、いっこう気《き》にもとめなかったようだ。たぶん君《きみ》も気《き》づかないでいるだろう。それはね、往《ゆ》きの足跡《あしあと》と帰《かえ》りの足跡《あしあと》とが、不自然《ふしぜん》に離《はな》れていたことだよ。ああした場合《ばあい》、誰《だれ》しもいちばん早《はや》い道《どう》をえらぶのが自然《しぜん》ではないだろうか。つまり、二点間《にてんかん》の最《さい》短距離《たんきょり》を歩《ある》くはずではないだろうか。それが、往《ゆ》きと帰《かえ》りの足跡《あしあと》が、井《い》戸《ど》と洋館《ようかん》の窓《まど》とを基点《きてん》にしてそとにふくらんだ二《ふた》つの弧《こ》をえがいている。そのあいだに大《おお》きな立《た》ち木《き》がはさまれていたほどだ。僕《ぼく》にはこれがひどく変《へん》に思《おも》われるのだよ」

これが弘一君《ひろかずくん》のものの言《い》い方《かた》である。彼《かれ》は探偵小説《たんていしょうせつ》が好《ず》きなほどあって、はなはだしく論理《ろんり》のゲームをこのむ男《おとこ》であった。

「だって君《きみ》、あの晩《ばん》は闇夜《やみよ》だぜ。それに犯人《はんにん》は人《ひと》を撃《う》ってあわてているのだ。来《き》た時《とき》と違《ちが》った道《みち》を通《とお》るくらい別《べつ》に不自然《ふしぜん》でもないじゃないか」

私《わたし》は彼《かれ》の論理《ろんり》一点《いってん》張《ば》りが不服《ふふく》であった。

「いや、闇夜《やみよ》だったからこそ、あんな足跡《あしあと》になったのだ。君《きみ》は少《すこ》し見当《けんとう》違《ちが》いをしているようだが、僕《ぼく》のいう意味《いみ》はね、ただ通《とお》った道《みち》が違《ちが》っていたということではないのだよ。二《ふた》つの足跡《あしあと》が故意《こい》に離《はな》してあったということはね、犯人《はんにん》が自分《じぶん》のきた時《とき》の足跡《あしあと》を踏《ふ》むまいとしたからではないかと、僕《ぼく》は思《おも》うのだ。それには、闇夜《やみよ》だから、用心深《ようじんぶか》くよほど離《はな》れたところを歩《ある》かなくてはならない。ね、そこに意味《いみ》があるのだよ。念《ねん》のため波多野《はたの》さんに、往《ゆ》き帰《かえ》りの足跡《あしあと》の重《かさ》なったところはなかったかと確《たし》かめてみたが、むろん一《いっ》カ所《しょ》もないということだった。あの闇夜《やみよ》に、同《おな》じ二点《にてん》間《かん》を歩《ある》いた往《ゆ》き帰《かえ》りの足跡《あしあと》が、一《ひと》つも重《かさ》なっていなかったなんて、偶然《ぐうぜん》にしては少《すこ》し変《へん》だとは思《おも》わないかね」

「なるほど、そういえば少《すこ》し変《へん》だね。しかし、なぜ犯人《はんにん》が足跡《あしあと》を重《かさ》ねまいと、そんな苦労《くろう》をしなければならなかったのだね。およそ意味《いみ》がないじゃないか」

「いや、あるんだよ。が、まあそのつぎを考《かんが》えてみよう」

弘一君《ひろかずくん》はシャーロック・ホームズみたいに、結論《けつろん》を隠《かく》したがる。これも彼《かれ》の日頃《ひごろ》のくせである。

顔《かお》は青《あお》ざめ、息使《いきづか》いは荒《あら》く、かさだかく繃帯《ほうたい》を巻《ま》きつけた患部《かんぶ》が、まだ痛《いた》むとみえて、時々眉《ときどきまゆ》をしかめるような状態《じょうたい》でいて、探偵談《たんていだん》となると、弘一君《ひろかずくん》は特殊《とくしゅ》の情熱《じょうねつ》を示《しめ》すのだ。それに、こんどの事件《じけん》は彼自身被害者《かれじしんひがいしゃ》であるばかりか、事件《じけん》の裏《うら》に何《なに》かしら恐《おそ》ろしい陰謀《いんぼう》を感《かん》じているらしい。彼《かれ》が真剣《しんけん》なのも無理《むり》ではない。

「第二《だいに》の不思議《ふしぎ》は、盗難品《とうなんひん》が金製品《きんせいひん》に限《かぎ》られていた点《てん》だ。犯人《はんにん》がなぜ現《げん》金《きん》に眼《め》をくれなかったかという点《てん》だ。それを聞《き》いた時《とき》、僕《ぼく》はすぐ思《おも》いあたった人物《じんぶつ》がある。この土地《とち》でもごく少数《しょうすう》の人《ひと》しか知《し》らない秘密《ひみつ》なんだ。現《げん》に波多野《はたの》さんなんかも、その人物《じんぶつ》には気《き》づかないでいるらしい」

「僕《ぼく》の知《し》らない人《ひと》かね」

「ウン、むろん知《し》らないだろう。僕《ぼく》の友《とも》だちでは甲田君《こうだくん》が知《し》っているだけだ。いつか話《はな》したことがあるんでね」

「いったい誰《だれ》のことだい。そして、その人物《じんぶつ》が犯人《はんにん》だというのかい」

「いや、そうじゃないと思《おも》うのだ。だから、僕《ぼく》は波多野《はたの》さんにもその人《じん》物《ぶつ》のことを話《はな》さなかった。君《きみ》にもまるで知《し》らない人《ひと》のことを話《はな》したって仕方《しかた》がない。一時《いちじ》ちょっと疑《うたが》っただけで、僕《ぼく》の思《おも》い違《ちが》いなんだ。その人《ひと》だとすると、ほかの点《てん》がどうも一致《いっち》しないからね」

そういったまま、彼《かれ》はまた眼《め》をつむってしまった。いやに人《ひと》をじらす男《おとこ》だ。だが、彼《かれ》はこういう推理《すいり》ごとにかけては確《たし》かに私《わたし》より一枚《いちまい》うわてなんだから、どうもいたしかたがない。

私《わたし》は病人《びょうにん》の相手《あいて》をするつもりで、根気《こんき》よく待《ま》っていると、やがて、彼《かれ》はパッチリと眼《め》をひらいた。その瞳《ひとみ》が喜《よろこ》ばしげな光《ひかり》を放《はな》っている。

「君《きみ》、盗《ぬす》まれた金製品《きんせいひん》のうちでいちばん大《おお》きいのはなんだと思《おも》う。おそらくあの置時計《おきどけい》だね。どのくらいの寸法《すんぽう》だったかしら、縦《たて》が五寸《ごすん》、幅《はば》と奥行《おくゆき》が三寸《さんすん》、だいたいそんなものだね。それから目方《めかた》だ。五百匁《ごひゃくもんめ》*、そんなものじゃなかろうか」

「僕《ぼく》はそれをよく見覚《みおぼ》えてはいないけれど、お父《とう》さんが話《はな》されたのを聞《き》

*匁《もんめ》……一匁《もんめ》は三・七五グラム。五百匁《ごひゃくもんめ》は一八七五グラム。

くと、ちょうどそんなものらしいね。だが、置時計《おきとけい》の寸法《すんぽう》や目方《めかた》が、事《じ》件《けん》とどんな関係《かんけい》があるんだね。君《きみ》も変《へん》なことを言《い》い出《だ》すじゃないか」

私《わたし》は弘一君《ひろかずくん》が熱《ねつ》に浮《う》かされているのではないかと思《おも》って、実際彼《じっさいかれ》の額《ひたい》へ手《て》を持《も》っていきそうにした。だが、顔色《かおいろ》を見《み》ると、昂奮《こうふん》こそしているが、べつだん高熱《こうねつ》らしくもない。

「いや、それがいちばんたいせつな点《てん》だ。僕《ぼく》は今《いま》やっとそこへ気《き》がついたのだが、盗難品《とうなんひん》の大《おお》きさなり目方《めかた》なりが、非常《ひじょう》に重大《じゅうだい》な意味《いみ》を持《も》っているのだよ」

「犯人《はんにん》が持《も》ち運《はこ》びできたかどうかをいっているの？」

だが、あとで考《かんが》えると、なんというおろかな私《わたし》の質問《しつもん》であったことか。

彼《かれ》はそれには答《こた》えずまたしても突飛《とっぴ》なことを口走《くちばし》るのだ。

「君《きみ》、そのうしろの花瓶《かびん》の花《はな》を抜《ぬ》いて、花瓶《かびん》だけをね、この窓《まど》からそとの塀《へい》を目《め》がけて力《ちから》いっぱい投《な》げてくれないか」

狂気《きょうき》の沙汰《さた》である。弘一君《ひろかずくん》はその病室《びょうしつ》に飾《かざ》ってあった花瓶《かびん》を、窓《まど》のそとの塀《へい》に投《な》げつけよというのだ。花瓶《かびん》というのは高《たか》さ五寸《ごすん》ほどの瀬戸物《せともの》で、べつだん変《か》わった品《しな》ではない。

「何《なに》をいっているのだ。そんなことをすれば花瓶《かびん》がこわれるじゃないか」

私《わたし》はほんとうに弘一君《ひろかずくん》の頭《あたま》がどうかしたのではないかと思《おも》った。

「いいんだよ、われたって、それは僕《ぼく》の家《いえ》から持《も》ってきた花瓶《かびん》なんだから。さあ、早《はや》く投《な》げてくれたまえ」

それでも私《わたし》が躊躇《ちゅうちょ》していると、彼《かれ》はじれて、ベッドの上《うえ》に起《お》き上《あ》がりそうになる。そんなことされては大変《たいへん》だ。身動《みうご》きさえ禁《きん》じられているからだではないか。
理解《りかい》しがたかったけれど、病人《びょうにん》にさからうでもないと観念《かんねん》して、私《わたし》は
とうとう彼《かれ》のばかばかしい頼《たの》みを承知《しょうち》した。ひらいた窓《まど》から、その花瓶《かびん》
を三間《さんけん》ばかり向《む》こうのコンクリート塀《べい》へ、力《ちから》いっぱい投《な》げつけたのだ。
花瓶《かびん》は塀《へい》にあたって粉々《こなごな》にくだけてしまった。
弘一君《ひろかずくん》は首《くび》を上《あ》げて花瓶《かびん》の最期《さいご》を見届《みとど》けると、やっと安心《あんしん》した様子《ようす》で、
グッタリとまたもとの姿勢《しせい》に帰《かえ》った。
「よし、よし、それでいいんだよ。ありがとう」
呑気《のんき》な挨拶《あいさつ》だ。私《わたし》は今《いま》の物音《ものおと》を聞《き》きつけて、誰《だれ》かきやしないかと、ビ
クビクものでいたのに。
「ところで常爺《つねじい》やの妙《みょう》なふるまいだがね」

弘一君《ひろかずくん》が突然《とつぜん》また別《べつ》のことを言《い》い出《だ》した。どうも、彼《かれ》の思考力《しこうりょく》は統一《とういつ》を失《うしな》ってしまっているようだ。私《わたし》は少々心配《しょうしょうしんぱい》になってきた。

「これがこんどの犯罪事件《はんざいじけん》の、もっとも有力《ゆうりょく》な手掛《てが》かりになるのではないかと思《おも》うよ」

彼《かれ》は私《わたし》の顔色《かおいろ》などには無関心《むかんしん》で話《はな》しつづける。

「皆《みな》が書斎《しょさい》へかけつけた時《とき》、常爺《つねじい》やだけが窓際《まどぎわ》へ行《い》ってすわりこんでしまった。面白《おもしろ》いね。君《きみ》、わかるかね。それには何《なに》か理由《りゆう》がなくてはならない。理由《りゆう》なしでそんなばかなまねをするはずはないからね」

「むろん理由《りゆう》はあったろうさ。だが、それがわからないのだ」

私《わたし》は少《すこ》し癇《かん》にさわって、荒《あら》っぽい口《くち》をきいた。

「僕《ぼく》にはわかるような気《き》がするんだがね」弘一君《ひろかずくん》はニヤニヤして「ほら、

その翌朝《よくあさ》、常爺《つねじい》やが何《なに》をしていたかということを考《かん》えてみたまえ」

「翌朝《よくあさ》？　常爺《つねじい》さんが？」

私《わたし》は彼《かれ》の意味《いみ》をさとりかねた。

「なんだね。君《きみ》はちゃんと見《み》ていたじゃないか。君《きみ》はね、赤井《あかい》さんのことばかり考《かん》えているものだから、そこへ気《き》がつかないのだよ。ほら、君《きみ》がさっき話《はな》したじゃないか。赤井《あかい》さんが洋館《ようかん》の向《む》こう側《がわ》をのぞいていたって」

「ウン、それもおかしいのだよ」

「いやさ、君《きみ》は別々《べつべつ》に考《かんが》えるからいけない。赤井《あかい》さんがのぞいていたのは、ほかのものではない、常爺《つねじい》やだったとは考《かんが》えられないかね」

「ああ、そうか」

なるほど、赤井《あかい》さんは爺《じい》やの行動《こうどう》をのぞいていたのかもしれない。

「爺《じい》やは、花壇《かだん》いじりをしていたんだね。だがあすこにはいま花《はな》なんて咲《さ》いてないし、種《たね》を蒔《ま》く時節《じせつ》でもない。花壇《かだん》いじりは変《へん》じゃないか。もっと別《べつ》のことをしていたと考《かんが》える方《ほう》が自然《しぜん》だ」

「別《べつ》のことというと？」

「考《かんが》えてみたまえ。あの晩《ばん》、爺《じい》やは書斎《しょさい》の中《なか》の不自然《ふしぜん》な場所《ばしょ》にしばらくすわっていた。その翌早朝《よくそうちょう》、花壇《かだん》いじりだ。この二《ふた》つを結《むす》び合《あ》わせると、そこから出《で》てくる結論《けつろん》はたった一《ひと》つしかない。ね、そうだろう。爺《じい》やは何《なに》か品物《しなもの》をかくしたのだ。

　何《なに》をかくしたか、なぜかくしたか。それはわからない。しかし、常爺《つねじい》やが何《なに》かを隠《かく》さなければならなかったということだけは、間違《まちが》いがないと思《おも》う。窓際《まどぎわ》へすわったのは、その品物《しなもの》を膝《ひざ》の下《した》に敷《し》いて隠《かく》すためだったに違《ちが》いない。それから、爺《じい》やが何《なに》か隠《かく》そうとすれば、台所《だいどころ》からいちばん手近《てぢか》で、いちばん自然《しぜん》な場所《ばしょ》はあの花壇《かだん》だ。花壇《かだん》いじりと見《み》せかけるふりもできるんだからね。ところで君《きみ》にお願《ねが》いだが、これからすぐ僕《ぼく》の家《いえ》に行《い》って、ソッとあの花壇《かだん》を掘《ほ》り返《かえ》して、その品物《しなもの》を持《も》ってきてくれないだろうか。うずめた場所《ばしょ》は土《つち》の色《いろ》でじきわかるはずだよ」

私《わたし》は弘一君《ひろかずくん》の推理《すいり》に一言《いちごん》もなかった。私《わたし》が目撃《もくげき》しながら理解《りかい》し得《え》なかったことを、彼《かれ》はとっさの間《ま》に解決《かいけつ》した。

「それは行《い》ってもいいがね。君《きみ》はさっきただの泥棒《どろぼう》の仕業《しわざ》ではなくて悪《あく》魔《ま》の所業《しょぎょう》だといったね。それには何《なに》か確《たし》かな根拠《こんきょ》があるのかい。もう一《ひと》つわからないのは、今《いま》の花瓶《かびん》の一件《いっけん》だ。行《い》く前《まえ》にそいつを説明《せつめい》してくれないか」

「いや、すべて僕《ぼく》の想像《そうぞう》にすぎないのだ。それにうかつにしゃべれない性質《せいしつ》のことなんだ。今《いま》は聞《き》かないでくれたまえ。ただ、僕《ぼく》の想像《そうぞう》が間違《まちが》いでなかったら、この事件《じけん》は表面《ひょうめん》に現《あら》われているよりも、ずっとずっと恐《おそ》ろしい犯罪《はんざい》だということを、頭《あたま》に入《い》れておいてくれたまえ。そうでなくて、病人《びょうにん》の僕《ぼく》がこんなに騒《さわ》いだりするものかね」

そこで、私《わたし》は看護婦《かんごふ》にあとを頼《たの》んでおいて、ひとまず病院《びょういん》を辞《じ》したのであるが、私《わたし》が病室《びょうしつ》を出《で》ようとした時《とき》、弘一君《ひろかずくん》が鼻歌《はなうた》を歌《うた》うような調子《ちょうし》でフランス語《ご》で、「シェルシェ・ラ・ファンム」（女《おんな》を探《さが》せ）とつぶやいているのを耳《みみ》にとめた。

結城家《ゆうきけ》をおとずれたのはもうたそがれどきであった。少将《しょうしょう》は不在《ふざい》だったので、書生《しょせい》*に挨拶《あいさつ》しておいて、隙《すき》を見《み》てなにげなく庭《にわ》に出《で》た。そして問題《もんだい》の花壇《かだん》を掘《ほ》り返《かえ》した結果《けっか》を簡単《かんたん》にいえば、弘一君《ひろかずくん》の推理《すいり》は的中《てきちゅう》したのだ。そこから妙《みょう》な品物《しなもの》が出《で》てきたのだ。それは古《ふる》びた安物《やすもの》のアルミニューム製眼鏡《せいめがね》サックで、最近《さいきん》うずめたものに違《ちが》いなかった。私《わたし》は常《つね》さんに感《かん》づかれぬように、ソッとそのサックを一人《ひとり》のお手伝《てつだ》いさんに見《み》せて、持主《もちぬし》を尋《たず》ねてみたところが、意外《いがい》にもそれは常《つね》さん自身《じしん》の老眼鏡《ろうがんきょう》のサックであることがわかった。お手伝《てつだ》いさんは目印《めじるし》があるから間違《まちが》いはないといった。

常《つね》さんは彼自身《かれじしん》の持物《もちもの》をかくしたのだ。妙《みょう》なこともあるものだ。たとえそれが犯罪現場《はんざいげんば》に落《お》ちていたにもせよ、常《つね》さん自身《じしん》の持物《もちもの》なれば、何《なに》も花壇《かだん》へうずめたりしないで、だまって使用《しよう》していればよいではないか。

*書生《しょせい》……他人《たにん》の家《いえ》に住《す》み込《こ》み、家事《かじ》などを手伝《てつだ》いながら勉強《べんきょう》をしていた若者《わかもの》。戦前《せんぜん》のお金持《かねも》ちの家《いえ》には、この書生《しょせい》がいることが多《おお》かった。

日常使用《にちじょうしよう》していたサックが突然《とつぜん》なくなったら、その方《ほう》がよっぽど変《へん》ではあるまいか。

いくら考《かんが》えても、わかりそうもないので、私《わたし》はともかくもそれを病院《びょういん》へ持《も》って行《い》くことにして、お手伝《てつだ》いさんには固《かた》く口《くち》どめをしておいて、母屋《おもや》の方《ほう》へ引《ひ》き返《かえ》したが、その途中《とちゅう》、またしてもわけのわからぬことにぶつかった。

そのころはほとんど日《ひ》が暮《く》れきって、足元《あしもと》もおぼつかないほど暗《くら》くなっていた。母屋《おもや》の雨戸《あまど》はすっかり締《し》めてあったし、主人《しゅじん》は不在《ふざい》なので、洋館《ようかん》の窓《まど》にも明《あ》かりは見《み》えぬ。その薄暗《うすぐら》い庭《にわ》を、一《ひと》つの影法師《かげぼうし》がこちらへ歩《ある》いてくるのだ。

近《ちか》づいたのを見《み》ると、シャツ一枚《いちまい》の赤井《あかい》さんだ。この人《ひと》は主人《しゅじん》もいない家《いえ》へ、しかも今時分《いまじぶん》このなりで、何《なに》をしに来《き》たのであろう。

彼《かれ》は私《わたし》の姿《すがた》に気《き》づくと、ギョッとしたように立《た》ち止《ど》まったが、見《み》ると、
どうしたというのであろう。シャツ一枚《いちまい》ではだしの上《うえ》に、腰《こし》から下《した》がびっ
しょりぬれて泥《どろ》まみれだ。

「どうしたんです」

と聞《き》くと、彼《かれ》はきまりわるそうに、

「鯉《こい》を釣《つ》っていて、つい足《あし》をすべらしたんです。あの池《いけ》は泥深《どろぶか》くってね」

と弁解《べんかい》がましく言《い》った。

五　逮捕《たいほ》された黄金狂《おうごんきょう》

間《ま》もなく私《わたし》は、再《ふたた》び弘一君《ひろかずくん》の病室《びょうしつ》にいた。母夫人《ははふじん》は私《わたし》と行《い》き違《ちが》いに帰《き》

宅《たく》し、彼《かれ》の枕《まくら》もとには付添《つきそ》いの看護婦《かんごふ》が退屈《たいくつ》そうにしているばかりだった。私《わたし》の姿《すがた》を見《み》ると弘一君《ひろかずくん》はその看護婦《かんごふ》を立《た》ち去《さ》らせた。

「これだ、君《きみ》の推理通《すいりどお》り、花壇《かだん》にこれがうずめてあった」

私《わたし》はそういって、例《れい》のサックをベッドの上《うえ》に置《お》いた。弘一君《ひろかずくん》は一目《ひとめ》それを見《み》ると、非常《ひじょう》に驚《おどろ》いた様子《ようす》で、

「ああ、やっぱり……」とつぶやいた。

「やっぱりって、君《きみ》はこれがうずめてあることを知《し》っていたのかい。だが、お手伝《てつだ》いさんに聞《き》いてみると、常《つね》さんの老眼鏡《ろうがんきょう》のサックだということだが、常《つね》さんがなぜ自分《じぶん》の持物《もちもの》をうずめなければならなかったのか、僕《ぼく》にはサッパリわからないのだが」

「それは、爺《じい》やの持物《もちもの》には違《ちが》いないけれど、もっと別《べつ》の意味《いみ》があるんだ

よ。君《きみ》はあれを知《し》らなかったのかなあ」

「あれっていうと？」

「これでもう疑《うたが》う余地《よち》はなくなった。恐《おそ》ろしいことだ……あいつがそんなことを……」

弘一君《ひろかずくん》は私《わたし》の問《と》いに答《こた》えようともせず、ひどく興奮《こうふん》してひとりごとをいっている。彼《かれ》は確《たし》かに犯人《はんにん》をさとったのだ。

「あいつ」とはいったい誰《だれ》のことなんだろう。で、私《わたし》がそれを聞《き》きただそうとした時《とき》、ドアにノックの音《おと》が聞《き》こえた。

波多野警部《はたのけいぶ》が見舞《みま》いにきたのだ。入院以来何度目《にゅういんいらいなんどめ》かのお見舞《みま》いである。

彼《かれ》は結城家《ゆうきけ》に対《たい》して職務以上《しょくむいじょう》の好意《こうい》を持《も》っているのだ。

「大分元気《だいぶげんき》のようですね」

「ええ、お蔭様《かげさま》で順調《じゅんちょう》にいってます」

と、一《ひ》と通《とお》りの挨拶《あいさつ》がすむと、警部《けいぶ》は少《すこ》し改《あらた》まって、

「夜分《やぶん》やって来《き》たのは、実《じつ》は急《いそ》いでお知《し》らせしたいことが起《お》こったものだから」

と、ジロジロ私《わたし》を見《み》る。

「ご存知《ぞんじ》の松村君《まつむらくん》です。僕《ぼく》の親《した》しい友人《ゆうじん》ですからおかまいなく」

弘一君《ひろかずくん》がうながすと、

「いや、秘密《ひみつ》というわけではないのだから、ではお話《はな》ししますが、犯人《はんにん》がわかったのです。きょう午後逮捕《ごごたいほ》しました」

「え、犯人《はんにん》がつかまりましたか」

弘一君《ひろかずくん》と私《わたし》とが同時《どうじ》に叫《さけ》んだ。

「して、それはなにものです」

「結城《ゆうき》さん。あなたは琴野三右衛門《ことのさんえもん》というあの辺《へん》の地主《じぬし》を知《し》っていますか」

はたして、琴野三右衛門《ことのさんえもん》に関係《かんけい》があったのだ。

読者《どくしゃ》は記憶《きおく》されるであろう。いつか疑問《ぎもん》の男《おとこ》赤井《あかい》さんが、その三右衛《さんえ》門《もん》の家《いえ》から、金箔《きんぱく》だらけになって出《で》てきたことを。

「ええ、知《し》ってます。では……」

「その息子《むすこ》に光雄《みつお》っていう異常者《いじょうしゃ》がある。一間《ひとま》に監禁《かんきん》してめったに外出《がいしゅつ》させないというから、たぶんご存知《ぞんじ》ないでしょう。私《わたし》もきょうやっと知《し》ったくらいです」

「いや、知《し》っています。それが犯人《はんにん》だとおっしゃるのですか」

「そうです。すでに逮捕《たいほ》して、一応《いちおう》は取調《とりしら》べもすみました。明瞭《めいりょう》に自白《じはく》はしていませんけれど。彼《かれ》は黄金狂《おうごんきょう》とでもいいますかね。金色《きんいろ》のものに非常《ひじょう》な執着《しゅうちゃく》を持《も》っている。私《わたし》はその男《おとこ》の部屋《へや》を見《み》て、びっくりしました。部屋中《へやじゅう》が仏壇《ぶつだん》みたいに金《きん》ピカなんです。メッキであろうが、真鍮《しんちゅう》の粉《こな》や箔《はく》であろうが、金目《かねめ》には関係《かんけい》なく、ともかくも、金色《きんいろ》をしたものなら、額縁《がくぶち》から金紙《きんがみ》からやすり屑《くず》にいたるまで、なんでも収集《しゅうしゅう》しているのです」

「それも聞《き》いています。で、そういう黄金狂《おうごんきょう》だから、私《わたし》の家《いえ》の金製品《きんせいひん》ばかりを盗《ぬす》み出《だ》したとおっしゃるのでしょうね」

「むろんそうです。札入《さつい》れをそのままにして、金製品《きんせいひん》ばかりを、しかもたいした値打《ねう》ちもない万年筆《まんねんひつ》まで、もれなく集《あつ》めていくというのは、常識《じょうしき》では判断《はんだん》のできないことです。私《わたし》も最初《さいしょ》から、この事件《じけん》には何《なに》かしら異常《いじょう》な匂《にお》いがすると感《かん》じていましたが、黄金狂《おうごんきょう》でした。ピッタリとあてはまるじゃありませんか」

「で、盗難品《とうなんひん》は出《で》てきたのでしょうね」

どうしたわけか、弘一君《ひろかずくん》の言葉《ことば》には、わからぬほどではあったが、妙《みょう》に皮肉《ひにく》な調子《ちょうし》がこもっていた。

「いや、それはまだです。一応《いちおう》は調《しら》べましたが、その男《おとこ》の部屋《へや》にはないのです。しかし、どんな非常識《ひじょうしき》なところへかくしているかわかりませんよ。なお充分調《じゅうぶんしら》べさせるつもりですが」

「それから、あの事件《じけん》のあった夜《よる》、その光雄《みつお》が部屋《へや》を抜《ぬ》け出《だ》したという点《てん》も確《たし》かめられたのでしょうね。家族《かぞく》のものは、それに気《き》づかなかったのですか」

弘一君《ひろかずくん》が根掘《ねほ》り葉掘《はほ》り聞《き》きだすので、波多野氏《はたのし》はいやな顔《かお》をした。

「家族《かぞく》のものは誰《だれ》も知《し》らなかった様子《ようす》です。しかし、光雄《みつお》は裏《うら》の離《はなれ》座敷《ざしき》にいたのだから、窓《まど》から出《で》て塀《へい》をのり越《こ》せば、誰《だれ》にも知《し》られずそとに出《で》ることができるのですよ」

「なるほどなるほど」と、弘一君《ひろかずくん》はますます皮肉《ひにく》である。「ところで、例《れい》の足跡《あしあと》ですがね。井戸《いど》から発《はっ》して井戸《いど》で終《おわ》っているのを、なんとご解《かい》釈《しゃく》になりました。これは非常《ひじょう》にたいせつなことだと思《おも》うのですが」

「まるで、私《わたし》が訊問《じんもん》されているようですね」

警部《けいぶ》はチラと私《わたし》の顔《かお》を見《み》て、さも快活《かいかつ》そうに笑《わら》って見《み》せたが、その実《じつ》、腹《はら》の中《なか》ではひどく不快《ふかい》に思《おも》っている様子《ようす》だった。

「何《なに》もそんなことを、あなたがご心配《しんぱい》なさるには及《およ》びませんよ。それにはちゃんと警察《けいさつ》なり予審判事《よしんはんじ》なりの機関《きかん》があるのですから」

「いや、御立腹《ごりっぷく》なすっちゃ困《こま》りますが、僕《ぼく》は当《とう》の被害者《ひがいしゃ》なんだから、参《さん》考《こう》までに聞《き》かせてくださってもいいじゃありませんか」

「お聞《き》かせすることはできないのです。というのは、あなたはまだ明瞭《めいりょう》になっていない点《てん》ばかりお尋《たず》ねなさるから」警部《けいぶ》は仕方《しかた》なく笑《わら》い出《だ》して
「足跡《あしあと》の方《ほう》も目下取調《もっかとりしら》べ中《ちゅう》なんですよ」

「すると確《たし》かな証拠《しょうこ》は一《ひと》つもないことになりますね。ただ黄金狂《おうごんきょう》と金製《きんせい》品盗難《ひんとうなん》の偶然《ぐうぜん》の一致《いっち》のほかには」

弘一君《ひろかずくん》は無遠慮《ぶえんりょ》に言《い》ってのける。私《わたし》はそばで聞《き》いていてヒヤヒヤした。

「偶然《ぐうぜん》の一致《いっち》ですって」辛抱強《しんぼうづよ》い波多野氏《はたのし》もこれにはさすがにムッとしたらしく、「あなたはどうしてそんなものの言《い》い方《かた》をするのです。警察《けいさつ》

が見当違《けんとうちが》いをやっているとでもいわれるのですか」

「そうです」弘一君《ひろかずくん》がズバリととどめをさした。「警察《けいさつ》が琴野光雄《ことのみつお》を逮捕《たいほ》したのは、とんでもない見当違《けんとうちが》いです」

「なんですって」警部《けいぶ》はあっけにとられたが、しかし聞《き》きずてならぬという調子《ちょうし》で「君《きみ》は証拠《しょうこ》でもあっていうのですか。でなければ、迂闊《うかつ》に口《くち》にすべきことではありませんよ」

「証拠《しょうこ》はありあまるほどあります」

弘一君《ひろかずくん》は平然《へいぜん》として言《い》う。

「ばかばかしい。事件以来《じけんいらい》ずっとそこに寝《ね》ていた君《きみ》に、どうして証拠《しょうこ》の収集《しゅうしゅう》ができます。あなたはまだからだがほんとうでないのだ。妄想《もうそう》ですよ。麻酔《ますい》の夢《ゆめ》ですよ」

「ハハハハハ、あなたはこわいのですか。あなたの失策《しっさく》を確《たし》かめられるのがこわいのですか」

弘一君《ひろかずくん》はとうとう波多野氏《はたのし》をおこらせてしまった。そうまでいわれては、相手《あいて》が若年者《じゃくねんしゃ》であろうと、病人《びょうにん》であろうと、そのまま引《ひ》き下《さ》がるわけにはいかぬ。警部《けいぶ》は顔《かお》を筋《すじ》ばらせて、ガタリと椅子《いす》を進《すす》めた。

「では聞《き》きましょう。君《きみ》はいったい誰《だれ》が犯人《はんにん》だとおっしゃるのです」

波多野警部《はたのけいぶ》はえらい剣幕《けんまく》でつめよった。だが弘一君《ひろかずくん》はなかなか返事《へんじ》をしない。考《かんが》えをまとめるためか、天井《てんじょう》を向《む》いて眼《め》をふさいでしまった。

彼《かれ》はさっき私《わたし》に、疑《うたが》われやすいある人物《じんぶつ》を知《し》っているが、それは真犯人《しんはん》でないと語《かた》った。その人物《じんぶつ》というのが、黄金狂《おうごんきょう》の琴野光雄《ことのみつお》であったに違《ちが》いない。なるほど非常《ひじょう》に疑《うたが》われやすい人物《じんぶつ》だ。で、その琴野光雄《ことのみつお》が真《しん》犯人《はんにん》でないとすると、弘一君《ひろかずくん》はいったい全体《ぜんたい》なにものを犯人《はんにん》に擬《ぎ》しているのであろう。ほかにもう一人《ひとり》黄金狂《おうごんきょう》があるとでもいうのかしら。もしやそれは赤井《あかい》さんではないか。事件以来《じけんいらい》、赤井《あかい》さんの挙動《きょどう》はどれもこれも疑《うたが》わしいことばかりだ。それに琴野三右衛門《ことのさんえもん》の家《いえ》から、金箔《きんぱく》にまみれて出《で》てきたことさえある。彼《かれ》こそ別《べつ》の意味《いみ》の「黄金狂《おうごんきょう》」ではないのか。

だが、私《わたし》が花壇《かだん》を調《しら》べるため結城家《ゆうきけ》へ出《で》かける時《とき》、弘一君《ひろかずくん》は妙《みょう》なことを口走《くちばし》った。「女《おんな》を探《さが》せ」というフランス語《ご》の文句《もんく》だ。この犯罪《はんざい》の裏《うら》にも「女《おんな》」がいるという意味《いみ》かもしれない。はてな、女《おんな》といえばすぐに頭《あたま》に浮《う》かぶのは志摩子《しまこ》さんだが、彼女《かのじょ》が何《なに》かこの事件《じけん》に関係《かんけい》を持《も》っているのかしら。おお、そういえば犯人《はんにん》の足跡《あしあと》は女《おんな》みたいに内股《うちまた》だった。それから、ピストルの音《おと》のすぐあとで、書斎《しょさい》から「久松《ひさまつ》」という猫《ねこ》が飛《と》び出《だ》してきた。あの「久松《ひさまつ》」は志摩子《しまこ》さんのペットだ。では彼女《かのじょ》が？　まさか、まさか。

そのほかにもう一人《ひとり》疑《うたが》わしい人物《じんぶつ》がいる。爺《じい》やの常《つね》さんだ。彼《かれ》の眼鏡《めがね》サックは、確《たし》かに犯罪現場《はんざいげんば》に落《お》ちていたし、彼《かれ》はそれをわざわざ花壇《かだん》に埋《う》めたではないか。

私《わたし》がそんなことを考《かんが》えているうちに、やがて弘一君《ひろかずくん》はパッチリと眼《め》をひらいて、待《ま》ち構《かま》えた波多野氏《はたのし》の方《ほう》に向《む》きなおると、低《ひく》い声《こえ》でゆっくりゆっくりしゃべりはじめた。

「琴野《ことの》の息子《むすこ》は家内《かない》のものに知《し》られぬように、家《いえ》を抜《ぬ》け出《だ》すことはできたかもしれません。だが、足跡《あしあと》なしで歩《ある》くことは全然不可能《ぜんぜんふかのう》です。井戸《いど》のところで消《き》えていた足跡《あしあと》をいかに解釈《かいしゃく》すべきか。これが事件全体《じけんぜんたい》を左《さ》右《ゆう》するところの、根本的《こんぽんてき》な問題《もんだい》です。これをそのままソッとしておいて犯人《はんにん》を探《さが》そうなんて、あんまり虫《むし》がいいというものです」

弘一君《ひろかずくん》はそこまで話《はな》すと、息《いき》をととのえるためにちょっと休《やす》んだ。傷《きず》が痛《いた》むのかひどく眉《まゆ》をしかめている。

警部《けいぶ》は彼《かれ》のしゃべり方《かた》がなかなか論理的《ろんりてき》で、しかも自信《じしん》にみちているので、やや圧倒《あっとう》された形《かたち》で、静《しず》かに次《つぎ》の言葉《ことば》を待《ま》っている。

「ここにいる松村君《まつむらくん》が」と弘一君《ひろかずくん》はまたはじめる。「それについて、実《じっ》に面白《おもしろ》い仮説《かせつ》を組《く》み立《た》てました。というのは、ご存知《ぞんじ》かどうか、あの井《い》戸《ど》の向《む》こう側《がわ》に犬《いぬ》の足跡《あしあと》があった。それが靴足袋《くつたび》のあとを引継《ひきつ》いだ形《かたち》で反対側《はんたいがわ》の道路《どうろ》までつづいていたそうですが、これは、もしや犯人《はんにん》が犬《いぬ》の足跡《あしあと》を模《も》した型《かた》を手足《てあし》にはめ、四《よっ》ん這《ば》いになって歩《ある》いたのではないか、という説《せつ》です。だが、この説《せつ》は面白《おもしろ》いことは面白《おもしろ》いけれど、ひどく非現《ひげん》実的《じつてき》だ。なぜって君《きみ》」と私《わたし》を見《み》て、「犬《いぬ》の足跡《あしあと》というトリックを考《かん》えついた犯人《はんにん》なら、なぜ井戸《いど》のところまでほんとうの足跡《あしあと》を残《のこ》したのか。それじゃ、折角《せっかく》の名案《めいあん》がオジャンになるわけじゃないか。わざわざ半分《はんぶん》だけ犬《いぬ》の足跡《あしあと》にしたなんて、考《かん》えられぬことだよ。それに、異常者《いじょうしゃ》が、そんな手《て》のこんだトリックを案出《あんしゅつ》できるはずもないしね。で、遺憾《いかん》ながらこの仮説《かせつ》は落第《らくだい》だ。とすると、足跡《あしあと》の不思議《ふしぎ》は依然《いぜん》として残《のこ》されたことになる。ところで波多野《はたの》さん。先日見《せんじつみ》せてくださった、例《れい》の現場見取図《げんばみとりず》を書《か》いた手帳《てちょう》をお持《も》ちでしょうか。実《じつ》はあの中《なか》に、この足跡《あしあと》の不思議《ふしぎ》を解決《かいけつ》する鍵《かぎ》が隠《かく》されているんじゃないかと思《おも》うのですが」

波多野氏《はたのし》は幸《さいわ》い、ポケットの中《なか》にその手帳《てちょう》を持《も》っていたので、見取図《みとりず》のところをひらいて、弘一君《ひろかずくん》の枕下《まくらした》に置《お》いた。弘一君《ひろかずくん》は推理《すいり》をつづける。

「ごらんなさい。さっき松村君《まつむらくん》にも話《はな》したことですが、この往《ゆ》きの足跡《あしあと》と帰《かえ》りの足跡《あしあと》との間隔《かんかく》が不自然《ふしぜん》にひらき過《す》ぎている。あなたは、犯罪者《はんざいしゃ》が大急《おおいそ》ぎで歩《ある》く場合《ばあい》に、こんなまわり道《みち》をするとお考《かんが》えですか。もう一《ひと》つ、往復《おうふく》の足跡《あしあと》が一《ひと》つも重《かさ》なっていないのも、非常《ひじょう》に不自然《ふしぜん》です。という僕《ぼく》の意味《いみ》がおわかりになりますか。この二《ふた》つの不自然《ふしぜん》はある一《ひと》つのことを語《かた》っているのです。つまり、犯人《はんにん》が故意《こい》に足跡《あしあと》を重《かさ》ねまいと綿密《めんみつ》な注意《ちゅうい》を払《はら》ったことを語《かた》っているのです。ね、闇《やみ》の中《なか》で足跡《あしあと》を重《かさ》ねないためには、犯人《はんにん》は用心深《ようじんぶか》く、このくらい離《はな》れたところを歩《ある》かねばならなかったのですよ」

「なるほど、足跡《あしあと》の重《かさ》なっていなかった点《てん》は、いかにも不自然《ふしぜん》ですね。

あるいはお説《せつ》の通《とお》り故意《こい》にそうしたのかもしれない。だが、それにどういう意味《いみ》が含《ふく》まれているのですかね」

波多野警部《はたのけいぶ》が愚問《ぐもん》を発《はっ》した。弘一君《ひろかずくん》はもどかしそうに、「これがわからないなんて。あなたは救《すく》い難《がた》い心理的錯覚《しんりてきさっかく》*におちいっていらっしゃるのです。つまりね、歩幅《ほはば》の狭《せま》い方《ほう》がきた跡《あと》、広《ひろ》い方《ほう》が急《いそ》いで逃《に》げた跡《あと》という考《かんが》え、したがって、足跡《あしあと》は井戸《いど》に発《はっ》し井戸《いど》に終《お》わったという頑固《がんこ》な迷信《めいしん》です」

「おお、では君《きみ》はあの足跡《あしあと》は井戸《いど》から井戸《いど》へではなくて、反対《はんたい》に書斎《しょさい》から書斎《しょさい》へ帰《かえ》った跡《あと》だというのですか」

「そうです。僕《ぼく》は最初《さいしょ》からそう思《おも》っていたのです」

「いや、いけない」警部《けいぶ》はやっきとなって「一応《いちおう》はもっともだが、君《きみ》の

＊心理的錯覚《しんりてきさっかく》……思《おも》い込《こ》みから生《う》まれるまちがい。

説《せつ》にも非常《ひじょう》な欠陥《けっかん》がある。それほど用意周到《よういしゅうとう》な犯人《はんにん》なれば、少《すこ》しのことで、なぜ向《む》こう側《がわ》の道路《どうろ》まで歩《ある》かなかったか。中途《ちゅうと》で足跡《あしあと》が消《き》えたんでは、せっかくのトリックがなんにもならない。それほどの犯人《はんにん》が、どうしてそんなばかばかしい手抜《てぬ》かりをやったか。これをどう解釈《かいしゃく》しますね」

「それはね、ごくつまらない理由《りゆう》なんです」弘一君《ひろかずくん》はスラスラと答《こた》えるのだ。「あの晩《ばん》は非常《ひじょう》に暗《くら》い闇夜《やみよ》だったからです」

「闇夜《やみよ》？　なにも闇夜《やみよ》だからって、井戸《いど》まで歩《ある》けたものが、それから道路《どうろ》までホンのわずかの距離《きょり》を歩《ある》けなかったという理窟《りくつ》はありますまい」

「いや、そういう意味《いみ》じゃないのです。犯人《はんにん》は井戸《いど》から向《む》こうは足跡《あしあと》をつける必要《ひつよう》がないと誤解《ごかい》したのです。滑稽《こっけい》な心理的錯覚《しんりてきさっかく》ですよ。あなたはご存知《ぞんじ》ありますまいが、あの事件《じけん》の二《に》、三日前《さんにちまえ》まで、一《ひ》と月《つき》あまりのあいだ、井戸《いど》から向《む》こうの空地《あきち》に古材木《こざいもく》がいっぱい置《お》き並《なら》べてあった。犯人《はんにん》はそれを見慣《みな》れていたものだから、つい誤解《ごかい》をしたのです。彼《かれ》はそれの運《はこ》び去《さ》られたのを知《し》らず、あの晩《ばん》もそこに材木《ざいもく》がある、材木《ざいもく》があれば犯人《はんにん》はその上《うえ》を歩《ある》くから足跡《あしあと》はつかない、つけなくてもよい、と考《かんが》えたのです。つまり、闇夜《やみよ》ゆえのとんだ思《おも》い違《ちが》いなんです。もしかしたら、犯人《はんにん》の足《あし》が井戸側《いどがわ》の漆喰《しっくい》にぶつかって、それが材木《ざいもく》だと思《おも》い込《こ》んでしまったのかもしれませんよ」

ああ、なんとあっけないほどに簡単明瞭《かんたんめいりょう》な解釈《かいしゃく》であろう。私《わたし》とてもその古材木《こざいもく》の山《やま》を見《み》たことがある。いや、見《み》たばかりではない。先日赤井《せんじつあかい》さんが意味《いみ》ありげに古材木《こざいもく》の話《はなし》をしたのを聞《き》いてさえいる。それでいて、病床《びょうしょう》の弘一君《ひろかずくん》に解釈《かいしゃく》のできることが、私《わたし》にはできなかったのだ。

「すると君《きみ》は、あの足跡《あしあと》は犯人《はんにん》が外部《がいぶ》からきたと見《み》せかけるトリックにすぎないというのですね。つまり、犯人《はんにん》は結城邸《ゆうきてい》の内部《ないぶ》にかくれていたと考《かんが》えるのですね」

さすがの波多野警部《はたのけいぶ》も、今《いま》はカブトをぬいだ形《かたち》で、弘一君《ひろかずくん》の口《くち》から、はやく真犯人《しんはんにん》の名前《なまえ》を聞《き》きたそうに見《み》えた。

六　「算術《さんじゅつ》の問題《もんだい》です」

「足跡《あしあと》がにせ物《もの》だとすると、犯人《はんにん》が宙《ちゅう》を飛《と》ばなかったかぎり、彼《かれ》は邸内《ていない》にいたと考《かんが》えるほかはありません」弘一君《ひろかずくん》は推理《すいり》を進《すす》める。「つぎに、やつはなぜ金製品《きんせいひん》ばかりを目《め》がけたか。この点《てん》が実《じつ》に面白《おもしろ》いのです。これは一《ひと》つには、犯人《はんにん》が琴野光雄《ことのみつお》という黄金狂《おうごんきょう》のいることを知《し》っていて、そいつの仕業《しわざ》らしくよそおうためだったでしょう。足跡《あしあと》をつけたのも同《おな》じ意味《いみ》です。だが、ほかに、もう一《ひと》つ妙《みょう》な理由《りゆう》があった。それはね、金《きん》製品類《せいひんるい》の大《おお》きさと目方《めかた》に関係《かんけい》があるのですよ」

私《わたし》は二度目《にどめ》だったからさほどでないが、波多野氏《はたのし》は、この奇妙《きみょう》な説《せつ》にあっけにとられたとみえ、だまり込《こ》んで弘一君《ひろかずくん》の顔《かお》をながめるばかりだ。病床《びょうしょう》の素人探偵《しろうとたんてい》はかまわずつづける。

「この見取図《みとりず》が、ちゃんとそれを語《かた》っています。波多野《はたの》さん、あなたは、この洋館《ようかん》のそとまで延《の》びてきている池《いけ》の図《ず》をただ意味《いみ》もなく書《か》きとめておかれたのですか」

「というと……、ああ、君《きみ》は……」と、警部《けいぶ》は非常《ひじょう》に驚《おどろ》いた様子《ようす》であったが、やがて「まさか、そんなことが」と、半信半疑《はんしんはんぎ》である。

「高価《こうか》な金製品《きんせいひん》なれば盗賊《とうぞく》がそれを目《め》がけたとしても不自然《ふしぜん》ではありません。と、同時《どうじ》に、みな形《かたち》が小《ちい》さく、しかも充分目方《じゅうぶんめかた》があります。盗賊《とうぞく》が盗《ぬす》み去《さ》ったと見《み》せかけて、その実《じつ》、池《いけ》へ投《な》げ込《こ》むにはおあつらえ向《む》きじゃありませんか。松村君《まつむらくん》、さっき君《きみ》に花瓶《かびん》を投《な》げてもらったのはね、あの花瓶《かびん》が盗《ぬす》まれた置時計《おきどけい》と同《おな》じくらいの重《おも》さだと思《おも》ったので、どれほど遠《とお》くまで投《な》げられるものかためしてみたのだよ。つまり、池《いけ》のどの辺《へん》に盗難品《とうなんひん》が沈《しず》んでいるかということをね」

「しかし、犯人《はんにん》はなぜそんな手数《てすう》のかかるまねをしなければならなかったのです。君《きみ》は盗賊《とうぞく》の仕業《しわざ》と見《み》せかけるためだといわれますが、それじゃあ一体《いったい》なにを盗賊《とうぞく》の仕業《しわざ》と見《み》せかけるのです。金製品《きんせいひん》のほかに、盗《ぬす》まれた品《しな》でもあるのですか。全体《ぜんたい》なにが犯人《はんにん》の真《しん》の目的《もくてき》だとおっしゃるのですか」

と、警部《けいぶ》。

「わかりきっているじゃありませんか。この僕《ぼく》を殺《ころ》すのが、やつの目的《もくてき》だったのです」

「え、あなたを殺《ころ》す？　それはいったい誰《だれ》です。なんの理由《りゆう》によってです」

「まあ、待《ま》ってください。僕《ぼく》がなぜそんなふうに考《かんが》えるかと言《い》いますとね、あの場合《ばあい》、盗賊《とうぞく》は僕《ぼく》に向《む》かって発砲《はっぽう》する必要《ひつよう》は少《すこ》しもなかったのです。闇《やみ》にまぎれて逃《に》げてしまえば充分《じゅうぶん》逃《に》げられたのです。ピストル強盗《ごうとう》だって、ピストルはおどかしに使《つか》うばかりで、めったに撃《う》つものではありません。それに、たかが金製品《きんせいひん》くらいを盗《ぬす》んで、人《ひと》を殺《ころ》したり傷《きず》つけたりしちゃあ泥棒《どろぼう》の方《ほう》で割《わり》に合《あ》いませんよ。窃盗罪《せっとうざい》＊と殺人罪《さつじんざい》とでは、刑《けい》罰《ばつ》が非常《ひじょう》な違《ちが》いですからね。と、考《かんが》えてみると、あの発砲《はっぽう》は非常《ひじょう》に不自《ふし》然《ぜん》です。ね、そうじゃありませんか。僕《ぼく》の疑《うたが》いはここから出発《しゅっぱつ》しているのですよ。泥棒《どろぼう》の方《ほう》は見《み》せかけで、真《しん》の目的《もくてき》は殺人《さつじん》だったのじゃないかとね」

「で、君《きみ》はいったい誰《だれ》を疑《うたが》っているのです。君《きみ》をうらんでいた人物《じんぶつ》でもあるのですか」

波多野氏《はたのし》はもどかしそうだ。

「ごく簡単《かんたん》な算術《さんじゅつ》の問題《もんだい》です……僕《ぼく》はあらかじめ誰《だれ》も疑《うたが》っていたわけではありません。種々《しゅじゅ》の材料《ざいりょう》の関係《かんけい》を理論的《りろんてき》に吟味《ぎんみ》して、当然《とうぜん》の結論《けつろん》に到《とう》達《たっ》したまでです。で、その結論《けつろん》があたっているかどうかは、あなたが実《じっ》

＊窃盗《せっとう》……物《もの》を盗《ぬす》むこと。

地《ち》に調《しら》べてくだされば わかることです。たとえば池《いけ》の中《なか》に盗難品《とうなんひん》が沈《しず》んでいるかどうかという点《てん》をですね……算術《さんじゅつ》の問題《もんだい》というのは、二《に》から一《いち》を引《ひ》くと一残《いちのこ》るという、ごく明瞭《めいりょう》なことです。簡単《かんたん》すぎるほど簡単《かんたん》なことです」

弘一君《ひろかずくん》はつづける。

「庭《にわ》の唯一《ゆいいつ》の足跡《あしあと》がにせ物《もの》だとしたら、犯人《はんにん》は廊下伝《ろうかづた》いに母屋《おもや》の方《ほう》へ逃《に》げるしか道《みち》はありません。ところがその廊下《ろうか》にはピストル発射《はっしゃ》の瞬間《しゅんかん》に、甲田君《こうだくん》が通《とお》りかかっていたのです。御承知《ごしょうち》の通《とお》り洋館《ようかん》の廊下《ろうか》は一方口《いっぽうぐち》だし、電燈《でんとう》もついている。甲田君《こうだくん》の眼《め》をかすめて逃《に》げることはまったく不《ふ》可能《かのう》です。隣室《りんしつ》の志摩子《しまこ》さんの部屋《へや》も、すぐあなた方《がた》が調《しら》べたのですから、とてもかくれ場所《ばしょ》にはならない。つまり、理論《りろん》で押《お》していくと、この事件《じけん》には犯人《はんにん》の存在《そんざい》する余地《よち》が全然《ぜんぜん》ないわけです」

「むろん私《わたし》だってそこへ気《き》のつかぬはずはない。犯人《はんにん》は母屋《おもや》の方《ほう》へ逃《に》げることはできなかった。したがって犯人《はんにん》は外部《がいぶ》からという結論《けつろん》になったわけですよ」

と波多野氏《はたのし》がいう。

「犯人《はんにん》が外部《がいぶ》にも内部《ないぶ》にもいなかった。とすると、あとにのこるのは被《ひ》害者《がいしゃ》の僕《ぼく》と最初《さいしょ》の発見者《はっけんしゃ》の甲田君《こうだくん》の二人《ふたり》です。だが被害者《ひがいしゃ》が犯人《はんにん》であるはずがない。どこの世界《せかい》に自分《じぶん》で自分《じぶん》に発砲《はっぽう》する馬鹿《ばか》がありましょう。そこで最後《さいご》にのこるのは甲田君《こうだくん》です。二《に》から一引《いちひ》くという算術《さんじゅつ》の問題《もんだい》はここですよ。二人《ふたり》のうちから被害者《ひがいしゃ》を引《ひ》き去《さ》れば、あとに残《のこ》るのは加害《かがい》者《しゃ》でなければなりません」

「では君《きみ》は……」

警部《けいぶ》と私《わたし》が同時《どうじ》に叫《さけ》んだ。

「そうです。われわれは錯覚《さっかく》におちいっていたのです。一人《ひとり》の人物《じんぶつ》がわれわれの盲点《もうてん》にかくれていたのです。彼《かれ》は不思議《ふしぎ》な隠《かく》れみの……被害者《ひがいしゃ》の親友《しんゆう》で事件《じけん》の最初《さいしょ》の発見者《はっけんしゃ》という隠《かく》れみのにかくれていたのです」

「じゃあ君《きみ》は、それをはじめから知《し》っていたのですか」

「いや、きょうになってわかったのです。あの晩《ばん》はただ黒《くろ》い人影《ひとかげ》を見《み》ただけです」

「理窟《りくつ》はそうかも知《し》らんが、まさか、あの甲田君《こうだくん》が……」

私《わたし》は彼《かれ》の意外《いがい》な結論《けつろん》を信《しん》じて口《くち》をはさんだ。

「さあ、そこだ。僕《ぼく》も友《とも》だちを罪人《ざいにん》にしたくはない。だが、だまっていたら、あの気《き》の毒な光雄《みつお》が無実《むじつ》の罪《つみ》を着《き》なければならないのだ。それに、甲田君《こうだくん》は決《けっ》して僕《ぼく》らが考《かんが》えていたような善良《ぜんりょう》な男《おとこ》でない。今度《こんど》のやり口《くち》を見《み》たまえ。邪悪《じゃあく》の知恵《ちえ》にみちているじゃないか。常人《じょうじん》の考《かんが》え出《だ》せることではない。悪魔《あくま》だ。悪魔《あくま》の所業《しょぎょう》だ」

「何《なに》か確《たし》かな証拠《しょうこ》でもありますか」

警部《けいぶ》はさすがに実際的《じっさいてき》である。

「彼《かれ》のほかに犯罪《はんざい》を行《おこ》ない得《え》る者《もの》がなかったから彼《かれ》だというのです。これが何《なに》よりの証拠《しょうこ》じゃないでしょうか。しかしお望《のぞ》みとあればほかにもないではありません。松村君《まつむらくん》、君《きみ》は甲田君《こうだくん》の歩《ある》き癖《ぐせ》が思《おも》い出《だ》せるかい」

と、聞《き》かれて、私《わたし》はハッと思《おも》いあたることがあった。甲田《こうだ》が犯人《はんにん》だなどとは夢《ゆめ》にも思《おも》わないものだから、ついそれをど忘《わす》れしていたが、彼《かれ》は確《たし》かに女《おんな》みたいな内股《うちまた》の歩《ある》き癖《ぐせ》があった。

「そういえば、甲田君《こうだくん》は内股《うちまた》だったね」

「それも一《ひと》つの証拠《しょうこ》です。だが、もっと確《たし》かなものがあります」

と弘一君《ひろかずくん》は例《れい》の眼鏡《めがね》サックをシーツの下《した》から取《と》り出《だ》して警部《けいぶ》に渡《わた》し、常爺《つねじい》さんがそれをかくした顚末《てんまつ》を語《かた》ったのち、

「このサックは本来爺《ほんらいじい》やの持《も》ち物《もの》です。だが爺《じい》やがもし犯人《はんにん》だったと仮《か》定《てい》したら、彼《かれ》は何《なに》もこれを花壇《かだん》にうめる必要《ひつよう》はない。素知《そし》らぬ顔《かお》をして使用《しよう》していればよいわけです。誰《だれ》も現場《げんば》にサックが落《お》ちていたことは知《し》らないのですからね。つまりサックをかくしたのは、彼《かれ》が犯人《はんにん》でない証《しょう》拠《こ》ですよ。では、なぜかくしたのか。わけがあるのです。松村君《まつむらくん》はどうしてあれに気《き》がつかなかったかなあ。毎日《まいにち》いっしょに海《うみ》へはいっていた

くせに」
と弘一君《ひろかずくん》が説明《せつめい》したところによると、

甲田伸太郎《こうだしんたろう》は眼鏡《めがね》をかけていたが、結城家《ゆうきけ》へくるときサックを用意《ようい》しなかった。サックというものは常《つね》に必要《ひつよう》はないが、海水浴《かいすいよく》などでは、あれがないとはずした眼鏡《めがね》の置《お》き場《ば》に困《こま》るものだ。それを見《み》かねて常爺《つねじい》さんが自分《じぶん》の老眼鏡《ろうがんきょう》のサックを甲田君《こうだくん》に貸《か》しあたえた。このことは（私《わたし》はうかつにも気《き》づかなかったが）弘一君《ひろかずくん》ばかりでなく、志摩子《しまこ》さんも結城《ゆうき》家《け》の書生《しょせい》などもよく知《し》っていた。そこで、常《つね》さんは現場《げんば》のサックを見《み》るとハッとして、甲田君《こうだくん》をかばうためにそれをかくした次第《しだい》である。

ではなぜ爺《じい》さんは甲田君《こうだくん》にサックを貸《か》したり、甲田君《こうだくん》の罪《つみ》をかくしたりしたかというに、この常爺《つねじい》さんは、甲田君《こうだくん》のお父《とう》さんに非常《ひじょう》に世話《せわ》になった男《おとこ》で、結城家《ゆうきけ》に雇《やと》われたのも甲田君《こうだくん》のお父《とう》さんの紹介《しょうかい》であった。したがってその恩人《おんじん》の子《こ》の甲田君《こうだくん》になみなみならぬ好意《こうい》を示《しめ》すわけである。これらの事情《じじょう》は私《わたし》もかねて知《し》らぬではなかった。

「だが、あの爺《じい》さんは、ただサックが落《お》ちていたからといって、どうしてそう簡単《かんたん》に甲田《こうだ》を疑《うたが》ってしまったのでしょう。少《すこ》し変《へん》ですね」

波多野氏《はたのし》はさすがに急所《きゅうしょ》をつく。

「いや、それには理由《りゆう》があるのです。その理由《りゆう》をお話《はな》しすれば、自然甲田君《しぜんこうだくん》の殺人未遂《さつじんみすい》の動悸《どうき》も明《あ》きらかになるのですが」

と弘一君《ひろかずくん》は少《すこ》し言《い》いにくそうに話《はな》しはじめる。

それは一《ひ》と口《くち》にいえば、弘一君《ひろかずくん》、志摩子《しまこ》さん、甲田君《こうだくん》のいわゆる恋愛《れんあい》三角関係《さんかくかんけい》なのだ。ずっと以前《いぜん》から、美《うつく》しい志摩子《しまこ》さんを対象《たいしょう》として、弘《ひろ》一君《かずくん》と甲田君《こうだくん》とのあいだに暗黙《あんもく》の闘争《とうそう》が行《おこ》なわれていたのである。この物語《ものがたり》の最初《さいしょ》にも述《の》べた通《とお》り、二人《ふたり》は私《わたし》などよりもよほど親《した》しい間柄《あいだがら》だった。それというのが、父結城《ちちゆうき》と父甲田《ちちこうだ》とに久《ひさ》しい友人関係《ゆうじんかんけい》が結《むす》ばれていたからで、したがって彼《かれ》ら両人《りょうにん》の心《こころ》の中《なか》のはげしい闘争《とうそう》については、私《わたし》はほとんど無智《むち》であった。弘一君《ひろかずくん》と志摩子《しまこ》さんが許婚《いいなずけ》であること、その志摩子《しまこ》さんに対《たい》して甲田君《こうだくん》が決《けっ》して無関心《むかんしん》でないことぐらいは、私《わたし》にもおぼろげにわかっていたけれど、まさか相手《あいて》を殺《ころ》さねばならぬほどのせっぱつまった気持《きもち》になっていようとは、夢《ゆめ》にも知《し》らなかった。弘一君《ひろかずくん》はいう。

「恥《は》ずかしい話《はなし》をすると、僕《ぼく》らは誰《だれ》もいないところでは、それとはいわず些細《ささい》なことでよく口論《こうろん》した。いや、子供《こども》みたいに取《と》っ組《く》みあいさえやった。そうして泥《どろ》の上《うえ》をころがりながら、志摩子《しまこ》さんはおれのものだおれのものだと、お互《たが》いの心《こころ》の中《なか》で叫《さけ》んでいたのだ。いちばんいけないのは、志摩子《しまこ》さんの態度《たいど》の曖昧《あいまい》なことだった。僕《ぼく》らのどちらへも失恋《しつれん》を感《かん》じるほどキッパリした態度《たいど》を見《み》せなかったことだ。そこで甲田君《こうだくん》にすれば、許婚《いいなずけ》という非常《ひじょう》な強《つよ》みを持《も》っている僕《ぼく》を、殺《ころ》してしまえば、という気《き》になったのかもしれませんね。この僕《ぼく》らのいがみ合《あ》いを、常爺《つねじい》やはちゃんと知《し》っていたのです。事件《じけん》のあった日《ひ》にも、僕《ぼく》らは庭《にわ》でむきになって口《こう》論《ろん》をした。それも爺《じい》やの耳《みみ》にはいっていたに違《ちが》いない。そこで、甲田君《こうだくん》所持《しょじ》のサックを見《み》ると、忠義《ちゅうぎ》な家来《けらい》の直覚《ちょっかく》で、爺《じい》やは恐《おそ》ろしい意味《いみ》をさとったのでしょう。なぜといって、あの書斎《しょさい》は甲田君《こうだくん》などめったにはいったことがないのだし、ピストルの音《おと》で彼《かれ》がかけつけた時《とき》には、ただドアをひらいて倒《たお》れている僕《ぼく》を見《み》るとすぐ、母屋《おもや》の方《ほう》へかけ出《だ》したわけですから、いちばん奥《おく》の窓《まど》のそばにサックを落《お》とすはずがないからです」

これでいっさいが明白《めいはく》になった。弘一君《ひろかずくん》の理路整然《りろせいぜん》*たる推理《すいり》には、さすがの波多野警部《はたのけいぶ》も異議《いぎ》をさしはさむ余地《よち》がないように見《み》えた。この上《うえ》は池《いけ》の底《そこ》の盗難品《とうなんひん》を確《たし》かめることが残《のこ》っているばかりだ。

しばらくすると、偶然《ぐうぜん》の仕合《しあ》わせにも警察署《けいさつしょ》から波多野警部《はたのけいぶ》に電話《でんわ》で吉報《きっぽう》をもたらした。その夜《よる》、結城家《ゆうきけ》の池《いけ》の底《そこ》の盗難品《とうなんひん》を警察《けいさつ》へ届《とど》け出《で》たものがあった。池《いけ》の底《そこ》には例《れい》の金製品《きんせいひん》のほかに、凶器《きょうき》のピストルも、足跡《あしあと》に一致《いっち》する靴足袋《くつたび》も、ガラス切《き》りの道具《どうぐ》まで沈《しず》めてあったことがわかった。

読者《どくしゃ》もすでに想像《そうぞう》されたであろうように、それらの品《しな》を池《いけ》の底《そこ》から探《さが》

＊理路整然《りろせいぜん》……きちんと物事《ものごと》の筋道《すじみち》が整《ととの》っていること。

し出《だ》したのは、例《れい》の赤井《あかい》さんであった。彼《かれ》がその夕方泥《ゆうがたどろ》まみれになって結城邸《ゆうきてい》の庭《にわ》をうろついていたのは、池《いけ》へ落《お》ちたのではなくて、盗難品《とうなんひん》を取《と》り出《だ》すためにそこへはいったのであった。

私《わたし》は彼《かれ》を犯人《はんにん》ではないかと疑《うたが》ったりしたが、とんだ思《おも》い違《ちが》いで、反対《はんたい》に彼《かれ》もまた優秀《ゆうしゅう》なる一個《いっこ》の素人探偵《しろうとたんてい》だったのである。

私《わたし》がそれを話《はな》すと、弘一君《ひろかずくん》は、

「そうとも、僕《ぼく》は最初《さいしょ》から気《き》づいていたよ。常爺《つねじい》やがサックをうずめるところをのぞいていたのも、琴野三右衛門《ことのさんえもん》の家《いえ》から金《きん》ピカになって出《で》てきたのも、みな事件《じけん》を探偵《たんてい》していたのだ。あの人《ひと》の行動《こうどう》が、僕《ぼく》の推理《すいり》には非常《ひじょう》に参考《さんこう》になった。現《げん》にこのサックを発見《はっけん》することができたのも、つまり赤井《あかい》さんのおかげだからね。さっき君《きみ》が、赤井《あかい》さんが池《いけ》に落《お》ちたと話《はな》した時《とき》には、サテはもうそこへ気《き》がついたかと、びっくりしたほどだよ」と語《かた》った。

さて、以下《いか》の事実《じじつ》は、直接見聞《ちょくせつみき》きしたわけではないが、わかりやすく順序《じゅんじょ》を追《お》ってしるしておくと、池《いけ》から出《で》た品物《しなもの》のうち、例《れい》の靴足袋《くつたび》は、浮《う》き上《あ》がることを恐《おそ》れてか、重《おも》い灰皿《はいざら》といっしょにハンカチに包《つつ》んで沈《しず》めてあった。それがなんと甲田伸太郎《こうだしんたろう》のハンカチに違《ちが》いないことがわかったのだ。というのは、そのハンカチの端《はし》にS・Kと彼《かれ》の頭字《かしらじ》が墨《すみ》で書《か》き込《こ》んであったからだ。彼《かれ》もまさか池《いけ》の底《そこ》の品物《しなもの》が取《と》り出《だ》されようとは思《おも》わず、ハンカチの目印《めじるし》まで注意《ちゅうい》が行《い》き届《とど》かなかったのであろう。

翌日甲田伸太郎《よくじつこうだしんたろう》が殺人被疑者《さつじんひぎしゃ》として警察《けいさつ》に連行《れんこう》されたのは申《もう》すまでもない。だが、彼《かれ》はあんなおとなしそうな様子《ようす》でいて、芯《しん》は非常《ひじょう》な強情者《ごうじょうもの》であった。いかに責《せ》められてもなかなか実《じつ》を吐《は》かないのだ。では、事件《じけん》の直前《ちょくぜん》どこにいたかと問《と》いつめられると、彼《かれ》はだまりこんで何《なに》もいわぬ。つまりピストル発射《はっしゃ》までのアリバイも成立《せいりつ》しないのだ。最初《さいしょ》は頬《ほお》を冷《ひ》やすために玄関《げんかん》に出《で》ていたなどと申《もう》し立《た》てたけれど、それは結城家《ゆうきけ》の書生《しょせい》の証言《しょうげん》で、たちまちくつがえされてしまった。あの晩一人《ばんひとり》の書生《しょせい》はずっと玄関脇《げんかんわき》の部屋《へや》にいたのだ。赤井《あかい》さんが煙草《たばこ》を買《か》いに出《で》たのがほんとうだったことも、その書生《しょせい》の口《くち》からわかった。しかしいくら強情《ごうじょう》を張《は》ったところで、証拠《しょうこ》がそろい過《す》ぎているのだから仕方《しかた》がない。その上《うえ》アリバイさえたたぬのだ。いうまでもなく彼《かれ》は起訴《きそ》され、正式《せいしき》の裁判《さいばん》を受《う》けることになった。未決入《みけつい》り*である。

＊未決入《みけつい》り……判決《はんけつ》を待《ま》つために拘置所《こうちしょ》に入《い》れられること。

七　砂丘《さきゅう》の蔭《かげ》

それから一週間《いっしゅうかん》ほどして私《わたし》は結城家《ゆうきけ》をおとずれた。いよいよ弘一君《ひろかずくん》が退院《たいいん》したという通知《つうち》に接《せっ》したからだ。

まだ邸内《ていない》にしめっぽい空気《くうき》がただよっていた。無理《むり》もない、一人息子《ひとりむすこ》の弘一君《ひろかずくん》が、退院《たいいん》したとはいえ、足《あし》が不自由《ふじゆう》になってしまったのだから。父少将《ちちしょうしょう》も母夫人《ははふじん》も、それぞれの仕方《しかた》で私《わたし》に愚痴《ぐち》を聞《き》かせた。中《なか》にもいちばんつらい立場《たちば》は志摩子《しまこ》さんである。彼女《かのじょ》はせめてもの詫《わ》び心《ごころ》か、まるで親切《しんせつ》な妻《つま》のように、不自由《ふじゆう》な弘一君《ひろかずくん》につききって世話《せわ》をしていると、母夫人《ははふじん》の話《はなし》であった。

弘一君《ひろかずくん》は思《おも》ったよりも元気《げんき》で、血《ち》なまぐさい事件《じけん》は忘《わす》れてしまったかのように、小説《しょうせつ》の腹案《ふくあん》などを話《はな》して聞《き》かせた。夕方《ゆうがた》例《れい》の赤井《あかい》さんがたずねて来《き》た。私《わたし》はこの人《ひと》には、とんだ疑《うたが》いをかけてすまなく思《おも》っていたので、以前《いぜん》よりは親《した》しく話《はな》しかけた。弘一君《ひろかずくん》も素人探偵《しろうとたんてい》の来訪《らいほう》を喜《よろこ》んでいる様子《ようす》だった。

夕食後《ゆうしょくご》、私《わたし》たちは志摩子《しまこ》さんをさそって四人連《よにんづ》れで海岸《かいがん》へ散歩《さんぽ》に出《で》た。

「松葉杖《まつばづえ》って、案外便利《あんがいべんり》なものだね。ホラ見《み》たまえ、こんなに走《はし》ることだってできるから」

弘一君《ひろかずくん》は浴衣《ゆかた》の裾《すそ》をひるがえして、変《へん》な恰好《かっこう》で飛《と》んで見《み》せた。新《あたら》しい松葉杖《まつばづえ》の先《さき》が地面《じめん》につくたびにコトコトと淋《さび》しい音《おと》をたてる。

「あぶないわ、あぶないわ」

志摩子《しまこ》さんは、彼《かれ》につきまとって走《はし》りながら、ハラハラして叫《さけ》んだ。

「諸君《しょくん》、これから由比《ゆい》ガ浜《はま》の余興《よきょう》*を見《み》に行《い》こう」

＊余興《よきょう》……出《だ》しもの。アトラクション。

と弘一君《ひろかずくん》が大《おお》はしゃぎで動議《どうぎ》を出《だ》した。

「歩《ある》けますか」

赤井《あかい》さんがあやぶむ。

「大丈夫《だいじょうぶ》、一里《いちり》*だって。余興場《よきょうば》は十丁《じっちょう》もありやしない」

弘一君《ひろかずくん》は、歩《ある》きはじめの子供《こども》みたいに、歩《ある》くことを享楽《きょうらく》している。私《わたし》たちは冗談《じょうだん》を投《な》げ合《あ》いながら、月夜《つきよ》の田舎道《いなかみち》を、涼《すず》しい浜風《はまかぜ》にたもとを吹《ふ》かせて歩《ある》いた。道《みち》のなかばで、話《はなし》が途切《とぎ》れて、四人《よにん》ともだまり込《こ》んで歩《ある》いていた時《とき》、何《なに》を思《おも》い出《だ》したのか、赤井《あかい》さんがクックックッ笑《わら》い出《だ》した。非常《ひじょう》に面白《おもしろ》いことらしく、いつまでも笑《わら》いが止《と》まらぬ。

「赤井《あかい》さん、何《なに》をそんなに笑《わら》っていらっしゃいますのよ」志摩子《しまこ》さんがたまらなくなってたずねた。


*一里《いちり》……約《やく》三・九キロメートル。

「いえね、つまらないことなんですよ」赤井《あかい》さんはまだ笑《わら》いつづけながら答《こた》える。「あのね、私《わたし》は今人間《いまにんげん》の足《あし》っていうものについて、変《へん》なことを考《かんが》えていたんですよ。からだの小《ちい》さい人《ひと》の足《あし》はからだに相当《そうとう》して小《ちい》さいはずだとお思《おも》いでしょう。ところがね、からだは小作《こづく》りなくせに足《あし》だけはひどく大《おお》きい人間《にんげん》もあることがわかったのですよ。滑稽《こっけい》じゃありませんか、足《あし》だけ大《おお》きいのですよ」

赤井《あかい》さんはそういってまたクックッと笑《わら》い出《だ》した。志摩子《しまこ》さんはお義理《ぎり》に「まあ」と笑《わら》って見《み》せたが、むろんどこが面白《おもしろ》いのだかわからぬ様子《ようす》だった。赤井《あかい》さんのいったりしたりすることはなんとなく異様《いよう》である。妙《みょう》な男《おとこ》だ。

夏《なつ》の夜《よ》の由比《ゆい》ガ浜《はま》は、お祭《まつ》りみたいに明《あ》かるくにぎやかであった。浜《はま》の舞台《ぶたい》では、お神楽《かぐら》めいた余興《よきょう》がはじまっていた。黒山《くろやま》の人《ひと》だかりだ。舞台《ぶたい》をかこんで葭簀《よしず》張《ば》り*の市街《しがい》ができている。喫茶店《きっさてん》、レストラン、雑貨屋《ざっかや》、水菓子屋《みずがしや》。そして百燭光《ひゃくしょっこう》*の電燈《でんとう》と、蓄音器《ちくおんき》*と、白粉《おしろい》の濃《こ》い女《おんな》たち。

私《わたし》たちはとある明《あ》かるい喫茶店《きっさてん》に腰《こし》をかけて、冷《つめ》たいものを飲《の》んだが、そこで赤井《あかい》さんがまた礼儀《れいぎ》を無視《むし》した変《へん》な行動《こうどう》をした。彼《かれ》は先日池《せんじついけ》の底《そこ》を探《さぐ》った時《とき》、ガラスのかけらで指《ゆび》を傷《きず》つけたといって繃帯《ほうたい》をしていた。それが喫茶店《きっさてん》にいるあいだにほどけたものだから、口《くち》を使《つか》って結《むす》ぼうとするのだが、なかなか結《むす》べない。志摩子《しまこ》さんが見《み》かねて、

「あたし、結《むす》んで上《あ》げましょうか」と手《て》を出《だ》すと、赤井《あかい》さんは不作法《ぶさほう》にも、その申《もう》し出《で》を無視《むし》して、別《べつ》のがわに腰《こし》かけていた弘一君《ひろかずくん》の前《まえ》へ指《ゆび》をつき出《だ》し「結城《ゆうき》さんすみませんが」と、とうとう弘一君《ひろかずくん》に結《むす》ばせてしまっ

*葭簀張《よしずば》り……アシの茎《くき》を編《あ》んで作《つく》ったスダレで囲《かこ》った小屋《こや》や店《みせ》のこと。
*燭光《しょっこう》……ともしびのあかり。
*蓄音器《ちくおんき》……レコードプレーヤー。

た。この男《おとこ》はやっぱり根《ね》が非常識《ひじょうしき》なのであろうか、それとも天邪鬼《あまのじゃく》*といやつかしら。

やがて、主《しゅ》として弘一君《ひろかずくん》と赤井《あかい》さんのあいだに探偵談《たんていだん》がはじまった。両人《りょうにん》ともこんどの事件《じけん》では、警察《けいさつ》を出《だ》し抜《ぬ》いて非常《ひじょう》な手柄《てがら》をたてたのだから、話《はなし》がはずむのも道理《どうり》である。話《はなし》がはずむにつれて、彼《かれ》らは例《れい》によって、内外《ないがい》の、現実《げんじつ》のあるいは小説上《しょうせつじょう》の名探偵《めいたんてい》たちをけなしはじめた。弘《ひろ》一君《かずくん》が日《ひ》ごろ目《め》のかたきにしている「明智小五郎物語《あけちこごろうものがたり》」の主人公《しゅじんこう》が、槍《やり》玉《だま》に上《あ》がったのは申《もう》すまでもない。

「あの男《おとこ》なんか、まだほんとうにかしこい犯人《はんにん》を扱《あつか》ったことがないのですよ。普通《ふつう》ありきたりの犯人《はんにん》をとらえて得意《とくい》になっているんじゃ、名探《めいたん》偵《てい》とはいえませんからね」

＊天邪鬼《あまのじゃく》……素直《すなお》ではない人《ひと》、ひねくれた人《ひと》のこと。

弘一君《ひろかずくん》はそんなふうな言《い》い方《かた》をした。

喫茶店《きっさてん》を出《で》てからも、両人《りょうにん》の探偵談《たんていだん》はなかなか尽《つ》きぬ。自然私《しぜんわたし》たちは二組《ふたくみ》にわかれ、志摩子《しまこ》さんと私《わたし》とは、話《はなし》に夢中《むちゅう》の二人《ふたり》を追《お》い越《こ》して、ずっと先《さき》を歩《ある》いていた。

志摩子《しまこ》さんは人《ひと》なき波打際《なみうちぎわ》を、高《たか》らかに歌《うた》いつつ歩《ある》く。私《わたし》も知《し》っている曲《きょく》は合唱《がっしょう》した。月《つき》はいく億《おく》の銀粉《ぎんぷん》と化《か》して波頭《なみがしら》に踊《おど》り、涼《すず》しい浜風《はまかぜ》が、袂《たもと》を、裾《すそ》を、合唱《がっしょう》の声《こえ》を、はるかかなたの松林《まつばやし》へと吹《ふ》いて通《とお》る。

「あの人《ひと》たち、びっくりさせてやりましょうよ」

突然《とつぜん》立《た》ち上《あ》がった志摩子《しまこ》さんが、茶目《ちゃめ》らしく私《わたし》にささやいた。振《ふ》り向《む》くと二人《ふたり》の素人探偵《しろうとたんてい》は、まだ熱心《ねっしん》に語《かた》らいつつ一丁《いっちょう》もおくれて歩《ある》いてくる。

志摩子《しまこ》さんが、かたわらの大《おお》きな砂丘《さきゅう》をさして、「ね、ね」としきりにうながすものだから、私《わたし》もついその気《き》になり、かくれん坊《ぼう》の子供《こども》みたいに、二人《ふたり》してその砂丘《さきゅう》のかげに身《み》をかくした。

「どこへ行《い》っちまったんだろう」

しばらくすると、あとの二人《ふたり》の足音《あしおと》が近《ちか》づき、弘一君《ひろかずくん》のこういう声《こえ》が聞《き》こえた。彼《かれ》らは私《わたし》たちのかくれるのを知《し》らないでいたのだ。

「まさか迷子《まいご》にもなりますまい。それよりも私《わたし》たちはここで一休《ひとやす》みしようじゃありませんか。砂地《すなじ》に松葉杖《まつばづえ》では疲《つか》れるでしょう」

赤井《あかい》さんの声《こえ》が言《い》って、二人《ふたり》はそこへ腰《こし》をおろした様子《ようす》である。偶然《ぐうぜん》にも、砂丘《さきゅう》をはさんで、私《わたし》たちと背中合《せなかあ》わせの位置《いち》だ。

「ここなら誰《だれ》も聞《き》く者《もの》はありますまい。実《じつ》はね、内密《ないみつ》であなたにお話《はな》ししたいことがあったのですよ」

赤井《あかい》さんの声《こえ》である。今《いま》にも「ワッ」と飛《と》び出《だ》そうかと身構《みがま》えしていた私《わたし》たちは、その声《こえ》にまた腰《こし》をおちつけた。盗《ぬす》み聞《ぎ》きは悪《わる》いとは知《し》りながら、気《き》まずい羽目《はめ》になって、つい出《で》るにも出《で》られぬ気持《きもち》だった。

「あなたは、甲田君《こうだくん》が真犯人《しんはんにん》だとほんとうに信《しん》じていらっしゃるのですか」

赤井《あかい》さんの沈《しず》んだ重々《おもおも》しい声《こえ》が聞《き》こえた。いまさら変《へん》なことを言《い》い出《だ》したものである。だが、なぜか私《わたし》は、その声《こえ》にギョッとして聞《き》き耳《みみ》を立《た》てないではいられなかった。

「信《しん》じるも信《しん》じないもありません」と弘一君《ひろかずくん》。「現場付近《げんばふきん》に二人《ふたり》の人間《にんげん》しかいなくて、一人《ひとり》が被害者《ひがいしゃ》であったら、他《た》の一人《ひとり》は犯人《はんにん》と答《こた》えるほか

ないじゃありませんか。それにハンカチだとか眼鏡《めがね》サックだとか証拠《しょうこ》がそろい過《す》ぎているし。しかしあなたは、それでもまだ疑《うたが》わしい点《てん》があるとお考《かんが》えなんですか」

「実《じつ》はね、甲田君《こうだくん》がとうとうアリバイを申《もう》し立《た》てたのですよ。僕《ぼく》はある事情《じじょう》で係《かかり》の予審判事《よしんはんじ》と懇意《こんい》でしてね。世間《せけん》のまだ知《し》らないことを知《し》っているのです。甲田君《こうだくん》がピストルの音《おと》を聞《き》いた時《とき》、廊下《ろうか》にいたというのも、その前《まえ》に玄関《げんかん》へ頬《ほお》を冷《ひ》やしに出《で》たというのも、みな嘘《うそ》なんだそうです。なぜそんな嘘《うそ》をついたかというと、あの時《とき》甲田君《こうだくん》は、泥棒《どろぼう》よりももっと恥《は》ずかしいことを――志摩子《しまこ》さんの日記帳《にっきちょう》を盗《ぬす》み読《よ》みしていたからなんです。この申《もう》し立《た》てはよく辻褄《つじつま》が合《あ》っています。ピストルの音《おと》で驚《おどろ》いて飛《と》び出《だ》したから日記帳《にっきちょう》がそのまま机《つくえ》の上《うえ》にほうり出《だ》してあったのです。

そうでなければ、日記帳《にっきちょう》を盗《ぬす》み読《よ》んだとすれば、疑《うたが》われないように元《もと》の引出《ひきだ》しへしまっておくのが当然《とうぜん》ですからね。とすると、甲田君《こうだくん》がピストルの音《おと》に驚《おどろ》いたのもほんとうらしい。つまり彼《かれ》がそれを発射《はっしゃ》したのではないことになります」

「なんのために日記帳《にっきちょう》を読《よ》んでいたというのでしょう」

「おや、あなたはわかりませんか。彼《かれ》は恋人《こいびと》の志摩子《しまこ》さんのほんとうの心《こころ》を判《はん》じかねたのです。日記帳《にっきちょう》を見《み》たら、もしやそれがわかりはしないかと思《おも》ったのです。可哀《かわい》そうな甲田君《こうだくん》が、どんなにイライラしていたかがわかるではありませんか」

「で、予審判事《よしんはんじ》はその申《もう》し立《た》てを信《しん》じたのでしょうか」

「いや、信《しん》じなかったのです。あなたもおっしゃる通《とお》り、甲田君《こうだくん》に不利《ふり》な証拠《しょうこ》がそろい過《す》ぎていますからね」

「そうでしょうとも。そんなあいまいな申《もう》し立《た》てがなんになるものですか」

「ところが、僕《ぼく》は、甲田君《こうだくん》に不利《ふり》な証拠《しょうこ》がそろっている反面《はんめん》には、有利《ゆうり》な証拠《しょうこ》もいくらかあるような気《き》がするのです。第一《だいいち》に、あなたを殺《ころ》すのが目的《もくてき》なら、なぜ生死《せいし》を確《たし》かめもしないで人《ひと》を呼《よ》んだかという点《てん》です。いくらあわてていたからといって、一方《いっぽう》では、前《まえ》もってにせの足跡《あしあと》をつけておいたりした周到《しゅうとう》さにくらべて、あんまり辻褄《つじつま》が合《あ》わないじゃありませんか。第二《だいに》には、にせの足跡《あしあと》をつける場合《ばあい》、往復《おうふく》の逆《ぎゃく》であることを見抜《みぬ》かれないために、足跡《あしあと》の重《かさ》なることを避《さ》けたほど綿密《めんみつ》な彼《かれ》が、自分《じぶん》の足跡《あしあと》をそのまま、内股《うちまた》につけておいたというのも信《しん》じがたいことです」

赤井《あかい》さんの声《こえ》がつづく。

「簡単《かんたん》に考《かんが》えれば殺人《さつじん》とはただ人《ひと》を殺《ころ》す、ピストルを発射《はっしゃ》するという一《ひと》つの行動《こうどう》にすぎませんけれど、複雑《ふくざつ》に考《かんが》えると、幾百幾千《いくひゃくいくせん》という些細《ささい》な行動《こうどう》の集合《しゅうごう》から成《な》り立《た》っているものです。ことに罪《つみ》を他《た》になすりつけるための欺瞞《ぎまん》*が行《おこ》なわれた場合《ばあい》はいっそうそれがはなはだしい。こんどの事件《じけん》でも、眼鏡《めがね》サック、靴足袋《くつたび》、偽《にせ》の足跡《あしあと》、机上《きじょう》にほうり出《だ》してあった日記帳《にっきちょう》、池《いけ》の底《そこ》の金製品《きんせいひん》と、ごく大《おお》きな要素《ようそ》をあげただけでも十《とお》ぐらいはある。その各要素《かくようそ》について犯人《はんにん》の一挙手一投足《いっきょしゅいっとうそく》を綿密《めんみつ》にたどっていくならば、そこに幾百幾千《いくひゃくいくせん》の特殊《とくしゅ》なる小行動《しょうこうどう》が存在《そんざい》するわけです。そこで、映画《えいが》フィルムの一《ひと》コマ一《ひと》コマを検査《けんさ》するように、探偵《たんてい》がその小《ちい》さな行動《こうどう》の一々《いちいち》を推理《すいり》することができたならば、どれほど頭脳明晰《ずのうめいせき》で用意周到《よういしゅうとう》な

＊欺瞞《ぎまん》……人《ひと》の目《め》をごまかし、だますこと。

犯人《はんにん》でも、とうてい処罰《しょばつ》をまぬがれることはできないはずです。しかしそこまでの推理《すいり》は残念《ざんねん》ながら人間力《にんげんりょく》では不可能《ふかのう》ですから、せめてわれわれは、どんな微細《びさい》なつまらない点《てん》にも、たえず注意《ちゅうい》を払《はら》って、犯罪《はんざい》フィルムのある重要《じゅうよう》な一《ひと》コマにぶつかることを期待《きたい》するほかはありません。その意味《いみ》で僕《ぼく》は、幼児《ようじ》からの幾億回《いくおくかい》とも知《し》れぬくり返《かえ》しで、一種《いっしゅ》の反射《はんしゃ》運動《うんどう》と化《か》しているようなこと、たとえばある人《ひと》は歩《ある》くとき右足《みぎあし》からはじめるか左足《ひだりあし》からはじめるか、手拭《てぬぐい》をしぼるとき右《みぎ》にねじるか左《ひだり》にねじるか、服《ふく》を着《き》るとき右手《みぎて》から通《とお》すか、左手《ひだりて》から通《とお》すかというような、ごくごく些細《ささい》な点《てん》に、つねに注意《ちゅうい》を払《はら》っています。これらの一見《いっけん》つまらないことが、犯罪捜査《はんざいそうさ》にあたって非常《ひじょう》に重大《じゅうだい》な決定要素《けっていようそ》となることがないとも限《かぎ》らぬからです。

さて、甲田君《こうだくん》にとっての第三《だいさん》の反証《はんしょう》ですが、それは例《れい》の靴足袋《くつたび》とおもりの灰皿《はいざら》とを包《つつ》んであったハンカチの結《むす》び目《め》なのです。私《わたし》はその結《むす》び目《め》をくずさぬように中《なか》の品《しな》を抜《ぬ》き出《だ》し、ハンカチは結《むす》んだまま波多野警部《はたのけいぶ》に渡《わた》しておきました。非常《ひじょう》にたいせつな証拠品《しょうこひん》だと思《おも》ったからです。ではそれはどんな結《むす》び方《かた》かというと、私共《わたしども》の地方《ちほう》で俗《ぞく》に立《た》て結《むす》びという、二《ふた》つの結《むす》び端《はし》が結《むす》び目《め》の下部《かぶ》と直角《ちょっかく》をなして十文字《じゅうもんじ》に見《み》えるような、つまり子供《こども》のよくやる間違《まちが》った結《むす》び方《かた》なのです。普通《ふつう》のおとなでは非常《ひじょう》にまれにしかそんな結《むす》び方《かた》をする人《ひと》はありません。やろうと思《おも》ってもできないのです。そこで僕《ぼく》はさっそく甲田君《こうだくん》の家《いえ》を訪問《ほうもん》して、お母《かあ》さんにお願《ねが》いして、何《なに》か甲田君《こうだくん》の結《むす》んだものがないか探《さが》してもらったところ、幸《さいわ》い、甲田君《こうだくん》が自分《じぶん》で結《むす》んだ帳面《ちょうめん》の綴《と》じ糸《いと》や、書斎《しょさい》の電燈《でんとう》を吊《つ》ってある太《ふと》い打紐《うちひも》や、そのほか三《みっ》つも四《よっ》つも結《むす》び癖《ぐせ》のわかるものが出《で》てきました。ところが例外《れいがい》なく普通《ふつう》の結《むす》び方《かた》なのです。まさか甲田君《こうだくん》があのハンカチの結《むす》び方《かた》にまで欺瞞《ぎまん》をやったとは考《かんが》えられない。結《むす》び目《め》なんかよりもずっと危険《きけん》な、頭字《かしらじ》のはいったハンカチを平気《へいき》で使《つか》ったくらいですからね。で、それが甲田君《こうだくん》にとっては一《ひと》つの有力《ゆうりょく》な反証《はんしょう》になるわけです」

赤井《あかい》さんの声《こえ》がちょっと切《き》れた。弘一君《ひろかずくん》は何《なに》もいわぬ。相手《あいて》の微細《びさい》な観察《かんさつ》に感《かん》じ入《い》っているのであろう。盗《ぬす》み聞《き》く私《わたし》たちも、真剣《しんけん》に聞《き》き入《い》っていた。ことに志摩子《しまこ》さんは、息使《いきづか》いもはげしく、からだが小《ちい》さく震《ふる》えている。敏感《びんかん》な少女《しょうじょ》はすでにある恐《おそ》ろしい事実《じじつ》を察《さっ》していたのであろうか。

八　THOU ART THE MAN*

しばらくすると、赤井《あかい》さんがクスクス笑《わら》う声《こえ》が聞《き》こえてきた。彼《かれ》は気《き》味《み》わるくいつまでも笑《わら》っていたが、やがてはじめる。

「それから、第四《だいよん》のそしてもっとも大切《たいせつ》な反証《はんしょう》はね、ウフフフフフ、実《じつ》におかしなことなんです。それはね、例《れい》の靴《くつ》足袋《たび》について、とんでもない錯誤《さくご》があったのですよ。池《いけ》の底《そこ》から出《で》た靴《くつ》足袋《たび》はなるほど地面《じめん》の足《あし》跡《あと》とは一致《いっち》します。そこまでは申《もう》し分《ぶん》ないのです。水《みず》にぬれたとはいえ、ゴム底《そこ》は収縮《しゅうしゅく》しませんから、ちゃんと元《もと》の形《かたち》がわかります。僕《ぼく》はこころみにそのサイズをはかってみましたが、十文《じゅうもん》*の足袋《たび》と同《おな》じ大《おお》きさでした。ところがね」

と、いって赤井《あかい》さんはまたちょっとだまった。次《つぎ》の言葉《ことば》を出《だ》すのが惜《お》

＊THOU ART THE MAN……おまえが犯人《はんにん》だ。
＊十文《じゅうもん》……文《もん》ははきものの長《なが》さをあらわす単位《たんい》。十文《じゅうもん》は約《やく》二四センチメートル。

しい様子《ようす》である。

「ところがね」と赤井《あかい》さんは喉《のど》の奥《おく》でクスクス笑《わら》っている調子《ちょうし》でつづける。「おかしなことにはあの靴足袋《くつたび》は、甲田君《こうだくん》の足《あし》には小《ちい》さ過《す》ぎて合《あ》わないのですよ。さっきのハンカチの一件《いっけん》で甲田家《こうだけ》をたずねたときお母《かあ》さんに聞《き》いてみると、甲田君《こうだくん》は去年《きょねん》の冬《ふゆ》でさえすでに十一文《じゅういちもん》の足袋《たび》をはいていたじゃありませんか。これだけで甲田君《こうだくん》の無罪《むざい》は確定的《かくていてき》です。なぜといって、自分《じぶん》の足《あし》に合《あ》わない靴足袋《くつたび》ならば、決《けっ》して不利《ふり》な証拠《しょうこ》ではないのです。何《なに》をくるしんで重《おも》りをつけて沈《しず》めたりしましょう。

このおかしな事実《じじつ》は、警察《けいさつ》でも裁判所《さいばんしょ》でもまだ気《き》づいていないらしい。あんまり予想外《よそうがい》なばかばかしい間違《まちが》いですからね。取調《とりしら》べが進《すす》むうちに間違《まちが》いがわかるかもしれません。それとも、あの足袋《たび》を嫌疑者《けんぎしゃ》にはかせ

てみるような機会《きかい》が起《お》こらなかったら、あるいは誰《だれ》も気《き》づかぬままずん
でしまうかもしれません。
お母《かあ》さんもいってましたが、甲田君《こうだくん》は身長《しんちょう》の割《わり》に非常《ひじょう》に足《あし》が大《おお》きいの
です。これが間違《まちが》いの元《もと》なんです。想像《そうぞう》するに、真犯人《しんはんにん》は甲田君《こうだくん》より少《すこ》
し背《せ》の高《たか》いやつですね。やつは自分《じぶん》の足袋《たび》のサイズから考《かんが》えて、自分《じぶん》よ
り背《せ》の低《ひく》い甲田君《こうだくん》が、まさか自分《じぶん》より大《おお》きい足袋《たび》をはくはずがないと信《しん》
じきっていたために、このおかしな錯誤《さくご》が生《しょう》じたのかもしれませんね」
「証拠《しょうこ》の羅列《られつ》はもうたくさんです」
弘一君《ひろかずくん》が突然《とつぜん》、イライラした調子《ちょうし》でさけぶのが聞《き》こえた。
「結論《けつろん》を言《い》ってください。あなたはいったい、誰《だれ》が犯人《はんにん》だとおっしゃる
のですか」

「それは、あなたです」

赤井《あかい》さんの落《お》ちついた声《こえ》が、真正面《ましょうめん》から人差指《ひとさしゆび》をつきつけるような調《ちょう》子《し》で言《い》った。

「アハハハハハ、おどかしちゃいけません。冗談《じょうだん》はよしてください。どこの世界《せかい》に、父親《ちちおや》の大切《たいせつ》にしている品物《しなもの》を池《いけ》に投《な》げ込《こ》んだり、自分《じぶん》で自《じ》分《ぶん》に発砲《はっぽう》したりするやつがありましょう。びっくりさせないでください」

弘一君《ひろかずくん》が頓狂《とんきょう》な声《こえ》で否定《ひてい》した。

「犯人《はんにん》は、あなたです」

赤井《あかい》さんは同《おな》じ調子《ちょうし》でくり返《かえ》す。

「あなた本気《ほんき》でいっているのですか。何《なに》を証拠《しょうこ》に？　何《なん》の理由《りゆう》で？」

「ごく明白《めいはく》なことです。あなたの言《い》い方《かた》を借《か》りると、簡単《かんたん》な算術《さんじゅつ》の問題《もんだい》にすぎません。二《に》から一引《いちひ》く一《いち》。二人《ふたり》のうちの甲田君《こうだくん》が犯人《はんにん》でなかったら、どんなに不自然《ふしぜん》に見《み》えようとも、残《のこ》るあなたが犯人《はんにん》です。あなた御自分《ごじぶん》の帯《おび》の結《むす》び目《め》に手《て》をやってごらんなさい。結《むす》び端《はし》がピョコンと縦《たて》になってますよ。あなたは子供《こども》の時分《じぶん》の間違《まちが》った結《むす》び癖《ぐせ》をおとなになってもつづけているのです。その点《てん》だけは珍《めず》らしく不器用《ぶきよう》ですね。しかし、帯《おび》はうしろで結《むす》ぶものですから例外《れいがい》かもしれないと思《おも》って、僕《ぼく》はさっきあなたにこの繃帯《ほうたい》を結《むす》んでもらいました。ごらんなさい。やっぱり十字形《じゅうじがた》の間違《まちが》った結《むす》び方《かた》です。これも一《ひと》つの有力《ゆうりょく》な証拠《しょうこ》にはなりませんかね」

赤井《あかい》さんは沈《しず》んだ声《こえ》で、あくまで丁重《ていちょう》な言葉使《ことばづか》いをする。それがいっそう不気味《ぶきみ》な感《かん》じをあたえた。

「だが、僕《ぼく》はなぜ自分自身《じぶんじしん》を射《う》たなければならなかったのです。僕《ぼく》は臆《おく》病《びょう》だし見栄《みえ》っぱりです。ただ甲田君《こうだくん》をおとしいれるくらいのために、痛《いた》い思《おも》いをしたり、生涯不自由《しょうがいふじゆう》な体《からだ》で暮《く》らすようなばかなまねはしません。ほかにいくらだって方法《ほうほう》があるはずです」

弘一君《ひろかずくん》の声《こえ》には確信《かくしん》がこもっていた。なるほど、なるほど、いかに甲田君《こうだくん》をにくんだからといって、弘一君自身《ひろかずくんじしん》が命《いのち》にもかかわる大傷《おおきず》をおったのでは引《ひ》き合《あ》わないはずだ。被害者《ひがいしゃ》が、すなわち加害者《かがいしゃ》だなんて、そんなばかな話《はなし》があるものか。赤井《あかい》さんは、とんだ思《おも》い違《ちが》いをしているのかもしれない。

「さあ、そこです。その信《しん》じ難《がた》い点《てん》に、この犯罪《はんざい》の大《おお》きな欺瞞《ぎまん》がかくされている。この事件《じけん》ではすべての人《ひと》が催眠術《さいみんじゅつ》にかかっています。根本的《こんぽんてき》な大間違《おおまちが》いにおちいっています。それは『被害者《ひがいしゃ》は同時《どうじ》に加害者《かがいしゃ》ではあり得《え》ない』という迷信《めいしん》です。それから、この犯罪《はんざい》が単《たん》に甲田君《こうだくん》を無実《むじつ》の罪《つみ》におとすために行《おこ》なわれたと考《かんが》えることも、大変《たいへん》な間違《まちが》いです。そんなことは実《じつ》に小《ちい》さな副産物《ふくさんぶつ》*にすぎません」

赤井《あかい》さんはゆっくりゆっくり丁寧《ていねい》な言葉《ことば》でつづける。

「実《じつ》に考《かんが》えた犯罪《はんざい》です。しかしほんとうの悪人《あくにん》の考《かんが》えではなくて、むしろ小説家《しょうせつか》の空想《くうそう》ですね。あなたは一人《ひとり》で被害者《ひがいしゃ》と犯人《はんにん》と探偵《たんてい》の一人三役《ひとりさんやく》を演《えん》じるというアイデアに有頂天《うちょうてん》になってしまったのでしょう。甲田君《こうだくん》のサックを盗《ぬす》み出《だ》して現場《げんば》に捨《す》てておいたのもあなたです。金製品《きんせいひん》を池《いけ》に投《な》げ込《こ》んだのも、窓《まど》ガラスを切《き》ったのも、偽《にせ》の足跡《あしあと》をつけたのも、いうまでもなくあなたです。そうしておいて、隣《とな》りの志摩子《しまこ》さんの書斎《しょさい》で甲田君《こうだくん》が日記帳《にっきちょう》を読《よ》んでいる機会《きかい》を利用《りよう》して（この日記帳《にっきちょう》を読《よ》ませたの

*副産物《ふくさんぶつ》……一《ひと》つの物事《ものごと》が生《う》まれるとき、それにともなって生《う》まれる別《べつ》のもの。

も、あなたがそれとなく暗示《あんじ》をあたえたのではありませんか）、火薬《かやく》の焼《や》けこげがつかぬようにピストルの手《て》を高《たか》く上《あ》げて、いちばん離《はな》れた足《あし》首《くび》を射《う》ったのです。あなたはちゃんと、その物音《ものおと》で隣室《りんしつ》の甲田君《こうだくん》が飛《と》んでくることを予知《よち》していた。同時《どうじ》に、恋人《こいびと》の日記《にっき》の盗《ぬす》み読《よ》みという恥《は》ずかしい行為《こうい》のため、甲田君《こうだくん》がアリバイの申《もう》し立《た》てについて、あいまいな、疑《うたが》われやすい態度《たいど》を示《しめ》すに違《ちが》いないと見込《みこ》んでいたのです。

射《う》ってしまうと、あなたは傷《きず》の痛《いた》さをこらえて、最後《さいご》の証拠品《しょうこひん》であるピストルを、ひらいた窓越《まどご》しに池《いけ》の中《なか》へ投《な》げ込《こ》みました。あなたの倒《たお》れていた足《あし》の位置《いち》が窓《まど》と池《いけ》との一直線上《いっちょくせんじょう》にあるのが一《ひと》つの証拠《しょうこ》です。これは波多野氏《はたのし》の見取図《みとりず》にもちゃんと現《あら》われています。そして、すべての仕《し》事《ごと》が終《お》わると、あなたは気《き》を失《うしな》って倒《たお》れた。あるいはそのていをよそおったという方《ほう》が正《ただ》しいかもしれません。足首《あしくび》の傷《きず》は決《けっ》して軽《かる》いものではなかったけれど、命《いのち》にかかわる気《き》づかいはない。あなたの目的《もくてき》にとってはちょうど過不足《かふそく》のない程度《ていど》の傷《きず》でした」

「アハハハハハ、なるほど、なるほど、一応《いちおう》は筋《すじ》の通《とお》ったお考《かんが》えですね」と弘一君《ひろかずくん》の声《こえ》は、気《き》のせいかうわずっていた。「だが、それだけの目的《もくてき》をはたすために、足《あし》が不自由《ふじゆう》になるというのは、少《すこ》し変《へん》ですね。どんなに証拠《しょうこ》がそろっていても、ただこの一点《いってん》で僕《ぼく》は無罪放免《むざいほうめん》かもしれませんよ」

「さあそこです。さっきもいったではありませんか。甲田君《こうだくん》を罪《つみ》におとすのも一《ひと》つの目的《もくてき》には違《ちが》いなかった。だが、ほんとうの目的《もくてき》はもっと別《べつ》にあったのです。あなたは御自分《ごじぶん》で臆病者《おくびょうもの》だとおっしゃった。なるほどその通《とお》りです。自分《じぶん》で自分《じぶん》を射《う》ったのは、あなたが極度《きょくど》の臆病者《おくびょうもの》であったからです。ああ、あなたはまだごまかそうとしていますね。僕《ぼく》がそれを知《し》らないとでも思《おも》っているのですか。では、言《い》いましょう。あなたは極端《きょくたん》な軍隊恐怖病者《ぐんたいきょうふびょうしゃ》なのです。あなたは*徴兵検査《ちょうへいけんさ》に合格《ごうかく》して、年末《ねんまつ》には入営《にゅうえい》することになっていた。それをどうかしてまぬがれようとしたのです。私《わたし》はあなたが学生時代《がくせいじだい》、眼鏡《めがね》をかけて眼《め》を悪《わる》くしようと試《こころ》みたことを探《さぐ》り出《だ》しました。また、あなたの小説《しょうせつ》を読《よ》んで、あなたの意識下《いしきか》にひそんでいる、軍隊恐怖《ぐんたいきょうふ》の幽霊《ゆうれい》を発見《はっけん》しました。ことにあなたは軍人《ぐんじん》の子《こ》です。その場《ば》しのぎの手段《しゅだん》はかえって発覚《はっかく》のおそれがある。そこであなたは内臓《ないぞう》を害《がい》するとか、指《ゆび》を切《き》るというようなありきたりな方法《ほうほう》はやめて、思《おも》いきった方法《ほうほう》を選《えら》んだ。しかもそれは一石《いっせき》にして二鳥《にちょう》をおとす名《めい》

＊徴兵検査《ちょうへいけんさ》……兵隊《へいたい》になるための身体検査《しんたいけんさ》。戦前《せんぜん》の日本《にほん》では二十歳《はたち》になった男性《だんせい》は全員《ぜんいん》、この検査《けんさ》を受《う》けることが義務付《ぎむづ》けられており、合格《ごうかく》すると軍隊生活《ぐんたいせいかつ》を送《おく》らなければならなかった。

案《あん》でもあったのです……おや、どうかしましたか。しっかりなさい。まだお話《はな》しすることがあります。

気《き》を失《うしな》うのではないかとびっくりしましたよ。しっかりしてください。僕《ぼく》は君《きみ》を警察《けいさつ》へつき出《だ》す気《き》はありません。ただ僕《ぼく》の推理《すいり》が正《ただ》しいかどうかを確《たし》かめたかったのです。しかし、君《きみ》はまさかこのままだまっている気《き》ではありますまいね。それに、君《きみ》はもう君《きみ》にとって何《なに》より恐《おそ》ろしい処《しょ》罰《ばつ》を受《う》けてしまったのです。この砂丘《さきゅう》のうしろに、君《きみ》のいちばん聞《き》かれたくない女性《じょせい》が、今《いま》の話《はなし》をすっかり聞《き》いていたのです。

では僕《ぼく》はこれでお別《わか》れします。君《きみ》にはひとりで静《しず》かに考《かんが》える時間《じかん》が必《ひつ》要《よう》です。ただお別《わか》れする前《まえ》に僕《ぼく》の本名《ほんみょう》を申《もう》し上《あ》げておきましょう。僕《ぼく》はね、君《きみ》が日頃軽蔑《ひごろけいべつ》していたあの明智小五郎《あけちこごろう》なのです。お父《とう》さんの御依頼《ごいらい》を受《う》けて陸軍《りくぐん》のある秘密《ひみつ》な盗難事件《とうなんじけん》を調《しら》べるために、変名《へんめい》でお宅《たく》へ出入《でい》りしていたのです。あなたは明智小五郎《あけちこごろう》は理窟《りくつ》っぽいばかりだとおっしゃった。だが、その私《わたし》でも、小説家《しょうせつか》の空想《くうそう》よりは実際的《じっさいてき》だということがおわかりになりましたか……ではさようなら」

そして、驚愕《きょうがく》と当惑《とうわく》のためにうわの空《そら》の私《わたし》の耳《みみ》へ、赤井《あかい》さんが砂《すな》を踏《ふ》んで遠《とお》ざかる静《しず》かな足音《あしおと》が聞《き》こえてきた。

兇器
きょう き

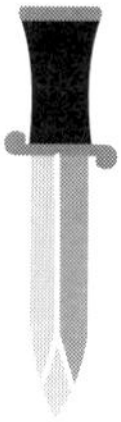

おもな登場人物《とうじょうじんぶつ》

庄司専太郎《しょうじせんたろう》……港区《みなとく》S署《しょ》の鑑識係《かんしきがかり》の巡査部長《じゅんさぶちょう》。
佐藤寅雄《さとうとらお》……アメリカ軍相手《ぐんあいて》に商売《しょうばい》をして儲《もう》けた成金《なりきん》。
佐藤美弥子《さとうみやこ》……佐藤寅雄《さとうとらお》の美《うつく》しい妻《つま》。
関根五郎《せきねごろう》……フランス料理《りょうり》のコックで、美弥子《みやこ》の昔《むかし》の恋人《こいびと》。
青木茂《あおきしげる》……昔《むかし》、恋人《こいびと》だった美弥子《みやこ》につきまとっている男《おとこ》。
明智小五郎《あけちこごろう》……名探偵《めいたんてい》。
小林芳雄《こばやしよしお》……明智小五郎《あけちこごろう》の少年助手《しょうねんじょしゅ》。

1

「アッ、助《たす》けてえ!」という金切《かなき》り声《ごえ》がしたかと思《おも》うと、ガチャンと大《おお》きな音《おと》がきこえ、カリカリとガラスのわれるのがわかったって言《い》います。主人《しゅじん》がいきなり飛《と》んで行《い》って、奥《おく》さんの部屋《へや》の襖《ふすま》をあけてみると、奥《おく》さんの美弥子《みやこ》が血《ち》まみれになって倒《たお》れていたのです。

傷《きず》は左腕《ひだりうで》の肩《かた》に近《ちか》いところで、傷口《きずぐち》がパックリわれて、血《ち》がドクドク流《なが》れていたそうです。さいわい動脈《どうみゃく》をはずれたので、吹《ふ》き出《だ》すほどでありませんが、ともかく非常《ひじょう》な出血《しゅっけつ》ですから、主人《しゅじん》はすぐ近所《きんじょ》の医者《いしゃ》を呼《よ》んで手当《てあ》てをした上《うえ》、署《しょ》へ電話《でんわ》をかけたというのです。捜査《そうさ》の木下君《きのしたくん》と私《わたし》が出向《でむ》いて、事情《じじょう》を聴《き》きました。

何者《なにもの》かが、窓《まど》をまたいで、部屋《へや》にはいり、うしろ向《む》きになっていた美《み》弥子《やこ》を、短刀《たんとう》で刺《さ》して逃《に》げ出《だ》したのですね。逃《に》げるとき、窓《まど》のガラス戸《ど》にぶつかったので、その一枚《いちまい》がはずれてそとに落《お》ち、ガラスがわれたのです。

窓《まど》のそとには*一間幅《いっけんはば》ぐらいの狭《せま》い空《あ》き地《ち》があって、すぐコンクリートの万年塀《まんねんべい》なのです。コンクリートの板《いた》を横《よこ》に並《なら》べた組《く》み立《た》て式《しき》の塀《へい》ですね。そのそとは住田町《すみたちょう》の淋《さび》しい通《とお》りです。私《わたし》たちは万年塀《まんねんべい》のうちをそとを、懐中電灯《かいちゅうでんとう》で調《しら》べてみたのですが、ハッキリした足跡《あしあと》もなく、これという発見《はっけん》はありませんでした。

それから、主人《しゅじん》の佐藤寅雄《さとうとらお》……三十五歳《さんじゅうごさい》の*アプレ成金《なりきん》です。少《すこ》し英語《えいご》がしゃべれるので、アメリカ軍《ぐん》に親《した》しくなって、いろいろな品《しな》を納入《のうにゅう》し

*一間《いっけん》……約《やく》一・八メートル。

*アプレ……フランス語《ご》のアプレゲールの略《りゃく》。戦後《せんご》、古《ふる》い考《かん》え方《かた》にしばられずに行動《こうどう》した若《わか》い人《ひと》たちのこと。

て儲《もう》けたらしいのですね。今《いま》はこれという商売《しょうばい》もしないで遊《あそ》んでいるのです。しかし、なかなか利口《りこう》な男《おとこ》で、看板《かんばん》を出《だ》さない金融業《きんゆうぎょう》のようなことをやって、財産《ざいさん》をふやしているらしいのですがね……その佐藤寅雄《さとうとらお》とさし向《む》かいで、聞《き》いてみたのですが、妻《つま》の美弥子《みやこ》は二十七歳《にじゅうななさい》です。新潟《にいがた》生《うま》れの美《うつく》しい女《おんな》で、キャバレーなんかにも勤《つと》めたことがあり、まあ多情《たじょう》*者《もの》なんですね。いろいろ男関係《おとこかんけい》があって、佐藤《さとう》と結婚《けっこん》するすぐ前《まえ》の男《おとこ》が執念《しゅうねん》ぶかく美弥子《みやこ》につきまとっているし、もう一人《ひとり》あやしいのがある。犯人《はんにん》はそのどちらかにちがいないと、佐藤《さとう》が言《い》うのです。

私《わたし》は警察《けいさつ》にはいってから五年《ごねん》ですが、仕事《しごと》の上《うえ》では、あんな魅力《みりょく》のある女《おんな》に出会《であ》ったことがありませんね。佐藤《さとう》はひどく惚《ほ》れこんで、それまで一緒《いっしょ》に暮《く》らしていた男《おとこ》から奪《うば》うようにして結婚《けっこん》したらしいのです。そ

＊多情者《たじょうもの》……異性《いせい》に対《たい》して心移《こころうつ》りしやすい人《ひと》。

の前《まえ》の男《おとこ》というのは、関根五郎《せきねごろう》というコック……コックと言《い》っても相当《そうとう》年季《ねんき》を入《い》れた腕《うで》のあるフランス料理《りょうり》のコックですが、これと暮《く》らしていたのを、佐藤《さとう》が金《かね》に物《もの》を言《い》わせて手《て》に入《い》れたのですね。

もう一人《ひとり》の容疑者《ようぎしゃ》は青木茂《あおきしげる》という不良青年《ふりょうせいねん》です。美弥子《みやこ》はこの青年《せいねん》とも以前《いぜん》に関係《かんけい》があって、青木《あおき》の方《ほう》が惚《ほ》れているのですね。佐藤《さとう》と結婚《けっこん》してからは、美弥子《みやこ》は逃《に》げているのに、青木《あおき》がつきまとって離《はな》れないのだそうです。不良《ふりょう》のことですから、あつかましく佐藤《さとう》のうちへ押《お》しかけてきたり、脅迫《きょうはく》がましいことを口走《くちばし》ったりして、うるさくて仕方《しかた》がないというのです。

この青木《あおき》は見《み》かけは貴族《きぞく》の坊《ぼっ》ちゃんのような美青年《びせいねん》ですが、相当《そうとう》なやつで、中川一家《なかがわいっか》というグレン隊《たい》*の仲間《なかま》で、警察《けいさつ》の厄介《やっかい》になったこともあ

＊グレン隊《たい》……不良《ふりょう》の集団《しゅうだん》。

るのです。これが、美弥子《みやこ》に愛想《あいそ》づかしをされたものだから、近頃《ちかごろ》では凄《すご》いおどし文句《もんく》などを送《おく》ってよこすらしく、美弥子《みやこ》は「殺《ころ》されるかもしれない」といって怖《こわ》がっていたと言《い》います。

主人《しゅじん》の佐藤《さとう》は、この二人《ふたり》のほかには心当《こころあ》たりはない。やつらのどちらかにきまっている。美弥子《みやこ》はうしろからやられて、相手《あいて》の顔《かお》を見《み》なかったし、ふりむいたときには、もう窓《まど》から飛《と》び出《だ》して、暗《くら》やみに姿《すがた》を消《け》していたので、服装《ふくそう》さえもハッキリわからなかったが、やっぱり、その二人《ふたり》のうちのどちらかだと言《い》っている。それにちがいないと断言《だんげん》するのです。そこで、私《わたし》はこの二人《ふたり》に当《あ》たってみました……いや、その前《まえ》にちょっとお耳《みみ》に入《い》れておくことがあります。いつも先生《せんせい》は「その場《ば》にふさわしくないような変《へん》てこなことがあったら、たとえ事件《じけん》に無関係《むかんけい》に見《み》えても、よく記憶《きおく》しておくのだ」とおっしゃる、まあそういったことですがね。

医者《いしゃ》が来《き》て美弥子《みやこ》の手当《てあ》てがすみ、別室《べっしつ》に寝《ね》させてから、主人《しゅじん》の佐藤《さとう》は事件《じけん》のあった部屋《へや》を念入《ねんい》りに調《しら》べたのだそうです。刃物《はもの》を探《さが》したのですよ。美弥子《みやこ》の刺《さ》された刃物《はもの》は普通《ふつう》の短刀《たんとう》ではなくて、どうも両刃《りょうば》の風《ふう》変《が》わりな凶器《きょうき》らしいのですが、ずいぶん探《さが》したけれども、どこにもなかったというのです。

私《わたし》が、その辺《へん》にころがっていなければ、むろん犯人《はんにん》が持《も》って逃《に》げたにきまっているじゃないか、何《なに》もそんなに探《さが》さなくてもと言《い》いますと、いやそうじゃない。これは、ひょっとしたら美弥子《みやこ》のお芝居《しばい》かもしれない。あいつは恐《おそ》ろしく変《か》わり者《もの》のヒステリー女《おんな》だから、何《なに》をやるか知《し》れたものじゃない。だから念《ねん》のために、刃物《はもの》がどこかに隠《かく》してないか調《しら》べてみたのだというのです。

しかし、美弥子《みやこ》のいた部屋《へや》の押入《おしい》れやタンスを調《しら》べても、ハサミひとつ、針一本《はりいっぽん》見《み》つからなかった。庭《にわ》には何《なに》も落《お》ちていなかった。そこではじめて、これは何者《なにもの》かがそとから忍《しの》びこんだものだと確信《かくしん》したというのです。

相手《あいて》の話《はなし》がおわると、アームチェアに埋《う》まるようにして聞《き》いていた明智小五郎《あけちこごろう》が、モジャモジャ頭《あたま》に指《ゆび》を突《つ》っ込《こ》んで、合槌《あいづち》を打《う》った。

「面白《おもしろ》いね。それには何《なに》か意味《いみ》がありそうだね」

この名探偵《めいたんてい》はもう五十《ごじゅう》を越《こ》していたけれど、昔《むかし》といっこう変《か》わらなかった。顔《かお》が少《すこ》し長《なが》くなり、長《なが》くて痩《や》せた手足《てあし》と一《いち》そうよく調和《ちょうわ》してきたほかには、これという変化《へんか》もなく、頭《あたま》の毛《け》もまだフサフサとしていた。

2

明智小五郎《あけちこごろう》はお洒落《しゃれ》と見《み》えないお洒落《しゃれ》だった。顔《かお》はいつもきれいにあたっていたし、服《ふく》も彼一流《かれいちりゅう》の好《この》みで、凝《こ》った仕立《した》てのものを、いかにも無造作《むぞうさ》に着《き》こなしていた。頭《あたま》の毛《け》を昔《むかし》に変《か》わらずモジャモジャさせているのも、いわば彼《かれ》のお洒落《しゃれ》の一《ひと》つであった。

ここは明智《あけち》が借《か》りている部屋《へや》の客間《きゃくま》である。麹町采女町《こうじまちうねめちょう》に東京唯一《とうきょうゆいいつ》の西洋風《せいようふう》な「麹町《こうじまち》アパート」が建《た》ったとき、明智《あけち》はその二階《にかい》の一区画《いっくかく》を借《か》りて、事務所兼住宅《じむしょけんじゅうたく》にした。アパートは帝国《ていこく》ホテルに似《に》た外観《がいかん》の建築《けんちく》で、三階建《さんかいだ》てであった。明智《あけち》の借《か》りた一区画《いっくかく》には広《ひろ》い客間《きゃくま》と、書斎《しょさい》と、寝室《しんしつ》とのほかに、浴槽《よくそう》のある化粧室《けしょうしつ》と、小《ちい》さな台所《だいどころ》がついていた。食堂《しょくどう》を書斎《しょさい》に変《か》えてしまったので、客《きゃく》と食事《しょくじ》するときは近《ちか》くのレストランを使《つか》うことにしていた。

明智夫人《あけちふじん》は胸《むね》を患《わず》らって、長《なが》いあいだ高原療養所《こうげんりょうようしょ》にはいっているので、彼《かれ》は独身同然《どくしんどうぜん》であった。身《み》のまわりのことや食事《しょくじ》の世話《せわ》は、少年助《しょうねんじょ》手《しゅ》の小林芳雄《こばやしよしお》一人《ひとり》で取《と》りしきっていた。手広《てびろ》い部屋《へや》に二人《ふたり》きりの暮《く》らしであった。食事《しょくじ》といっても、近《ちか》くのレストランから運《はこ》んできたのを並《なら》べたり、パンを焼《や》いたり、お茶《ちゃ》をいれたりするだけで、少年《しょうねん》の手《て》におえぬことではない。

その客間《きゃくま》で明智《あけち》と対座《たいざ》しているのは、港区《みなとく》のS署《しょ》の＊鑑識係《かんしきがかり》の巡査部《じゅんさぶ》

＊鑑識《かんしき》……筆跡《ひっせき》・指紋《しもん》・血痕《けっこん》などの証拠《しょうこ》を科学的《かがくてき》に調《しら》べる警察《けいさつ》の部署《ぶしょ》。

長《ちょう》、庄司専太郎《しょうじせんたろう》であった。一年《いちねん》ほど前《まえ》から、署長《しょちょう》の紹介《しょうかい》で明智《あけち》のところへ出入《でい》りするようになり、何《なに》か事件《じけん》が起《お》こると智恵《ちえ》を借《か》りにきた。

「ところで佐藤《さとう》がこの二人《ふたり》のうちどちらかにちがいないというコックの関根《せきね》と、不良《ふりょう》の青木《あおき》に当《あ》たってみたのですが、どうも思《おも》わしくありません。両方《りょうほう》ともアリバイははっきりしないのです。家《いえ》にいなかったことは確《たし》かですが、といって、現場付近《げんばふきん》をうろついたような聞《き》き込《こ》みも、まだないのです。ちょっとおどかしてみましたが、二人《ふたり》とも、どうしてなかなかのしたたかもので、うかつなことは言《い》いません」

「君《きみ》の勘《かん》では、どちらなんだね」

「どうも青木《あおき》がくさいですね。コックの関根《せきね》は五十《ごじゅう》に近《ちか》い年配《ねんぱい》で、奥《おく》さんはないけれども、婆《ばあ》さんを抱《かか》えていますからね。なかなか親孝行《おやこうこう》だっ

て評判《ひょうばん》です。そこへ行《い》くと青木《あおき》ときたらまったく天下《てんか》の風来坊《ふうらいぼう》*です。それに仲間《なかま》がいけない。人殺《ひとごろ》しなんか朝めし前《まえ》の連中《れんちゅう》ですからね。それとなく本心《ほんしん》を聞《き》き出《だ》してみますとね、青木《あおき》は確《たし》かに美弥子《みやこ》を恨《うら》んでいる。惚《ほ》れこんでいただけに、こんな扱《あつか》いを受《う》けちゃあ、我慢《がまん》ができないというのでしょうね。ほんとうに殺《ころ》すつもりだったのですよ。それが手先《てさき》が狂《くる》って、叫《さけ》び声《ごえ》を立《た》てられたので、つい怖《こわ》くなって逃《に》げ出《だ》したのでしょう。関根《せきね》ならあんなヘマはやりませんよ」

「二人《ふたり》の住《す》まいは？」

「ごく近《ちか》いのです。両方《りょうほう》ともアパート住《ず》まいですが、関根《せきね》は坂下町《さかしたちょう》、青《あお》木《き》は菊井町《きくいちょう》です。関根《せきね》の方《ほう》は佐藤《さとう》のところへ三丁《さんちょう》*ぐらい。青木《あおき》の方《ほう》は五《ご》丁《ちょう》ぐらいです」

＊風来坊《ふうらいぼう》……住《す》まいが定《さだ》まらず、どこからともなくさまよって来《き》た人《ひと》のこと。
＊三丁《さんちょう》……約《やく》三二七メートル。一丁《いっちょう》は約《やく》一〇九メートル。

「凶器《きょうき》を探《さが》し出《だ》すこと、関根《せきね》と青木《あおき》のその夜《よる》の行動《こうどう》を、もう一歩《いっぽ》突っ込《こ》んで調《しら》べること、これが常識的《じょうしきてき》な線《せん》だね。しかし、そのほかに一《ひと》つ、君《きみ》にやってもらいたいことがある」

明智《あけち》の眼《め》が笑《わら》っていた。いたずらっ子《こ》のように笑《わら》っていた。庄司巡査《しょうじじゅんさ》部長《ぶちょう》はこの眼色《がんしょく》には馴染《なじ》みがあった。明智《あけち》は彼《かれ》だけが気《き》づいている何《なに》か奇妙《きみょう》な着眼点《ちゃくがんてん》*に興《きょう》じているのだ。

「犯人《はんにん》が逃《に》げるとき、窓《まど》のガラス戸《ど》が庭《にわ》に落《お》ちて、ガラスが割《わ》れたんだね。そのガラスのかけらはどうしたの？」

「佐藤《さとう》のうちの婆《ばあ》やが拾《ひろ》い集《あつ》めていたようです」

「もう捨《す》ててしまったかもしれないが、もしそのガラスのかけらを全部《ぜんぶ》集《あつ》めることができたら、何《なに》かの資料《しりょう》になる。一《ひと》つやってみたまえ。ガラ

＊着眼点《ちゃくがんてん》……目《め》のつけどころ。

ス戸《ど》の枠《わく》に残《のこ》っているかけらと合《あ》わせて、復元《ふくげん》してみるんだね」

明智《あけち》の眼《め》はやっぱり笑《わら》っていた。庄司《しょうじ》も明智《あけち》の顔《かお》を見《み》てニヤリと笑《わら》い返《かえ》した。明智《あけち》のいう意味《いみ》がわかっているつもりであった。しかし、ほんとうはわかっていなかったのである。


それから十日目《とおかめ》の午後《ごご》、庄司巡査部長《しょうじじゅんさぶちょう》はまた明智《あけち》を訪問《ほうもん》していた。

「もう御承知《ごしょうち》でしょう。大変《たいへん》なことになりました。佐藤寅雄《さとうとらお》が殺《ころ》されたのです。犯人《はんにん》はコックの関根《せきね》でした。たしかな証拠《しょうこ》があるので、すぐ引《ひ》っ張《ぱ》りました。警視庁《けいしちょう》で調《しら》べています。私《わたし》もそれに立《た》ち会《あ》って、いま帰《かえ》ったところです」

「ちょっとラジオで聴《き》いたが、詳《くわ》しいことは何《なに》も知《し》らない。要点《ようてん》を話《はな》してください」

「私《わたし》はゆうべ、その殺人現場《さつじんげんば》に居合《いあ》わせたのです。もう夜《よる》の九時《くじ》をすぎていましたが、署《しょ》から私《わたし》の自宅《じたく》に連絡《れんらく》があって、佐藤《さとう》が、ぜひ話《はな》したいことがあるから、すぐ来《き》てくれという電話《でんわ》をかけてきたことがわかったのです。私《わたし》は何《なに》か耳《みみ》よりな話《はなし》でも聞《き》けるかと、急《いそ》いで佐藤《さとう》の家《いえ》に駈《か》けつけました。

主人《しゅじん》の佐藤《さとう》と美弥子《みやこ》とが、奥《おく》の座敷《ざしき》に待《ま》っていました。美弥子《みやこ》は二《に》、三日前《さんにちまえ》に、傷口《きずぐち》を縫《ぬ》った糸《いと》を抜《ぬ》いてもらったと言《い》って、もう外出《がいしゅつ》もしている様子《ようす》でした。ふたりとも浴衣姿《ゆかたすがた》でした。佐藤《さとう》は気色《けしき》ばんだ顔《かお》で、『夕方配達《ゆうがたはいたつ》された郵便物《ゆうびんぶつ》の中《なか》に、こんな手紙《てがみ》があったのを、つい今《いま》しがたまで気《き》づかないでいたのです』といって、安物《やすもの》の封筒《ふうとう》から、ザラ紙《がみ》に書《か》いた妙《みょう》な手紙《てがみ》を出《だ》して見《み》せました。

それには、六月《ろくがつ》二《に》十《じゅう》五日《ごにち》の夜《よる》（つまりゆうべですね）どえらいことがおこるから、気《き》をつけるがいいという文句《もんく》が、実《じつ》に下手《へた》な鉛筆《えんぴつ》の字《じ》で書《か》いてありました。どうも左手《ひだりて》で書《か》いたらしいのですね。封筒《ふうとう》もやはり鉛《えん》筆《ぴつ》で同《おな》じ筆蹟《ひっせき》でした。差出人《さしだしにん》の名《な》はないのです。

心当《こころあ》たりはないのかと聞《き》くと、主《しゅ》

人《じん》の佐藤《さとう》は、筆蹟《ひっせき》は変《か》えているけれども、差出人《さしだしにん》は関根《せきね》か青木《あおき》のどちらかにきまっていると断言《だんげん》しました。それからね、実《じつ》にずうずうしいじゃありませんか、やつらは二人《ふたり》とも、美弥子《みやこ》のお見舞《みま》いにやってきたそうですよ。もしどちらかが犯人《はんにん》だとすれば、大《たい》した度胸《どきょう》です。一《ひ》と筋縄《すじなわ》で行《い》くやつじゃありませんよ」

3

「そんなことを話《はな》しているうちに三十分《さんじっぷん》ほどもたって、十時《じゅうじ》を少《すこ》しすぎた頃《ころ》でした。美弥子《みやこ》が『書斎《しょさい》にウィスキーがありましたわね、あれ御馳《ごち》走《そう》したら』と言《い》い、佐藤《さとう》が縁側《えんがわ》の突《つ》き当《あ》たりにある洋室《ようしつ》へ、それを取《と》りに行《い》きましたが、しばらく待《ま》っても帰《かえ》ってこないので、美弥子《みやこ》は『きっと、どっかへしまい忘《わす》れたのですわ。ちょっと失礼《しつれい》』といって、主人《しゅじん》のあとを追《お》って、洋室《ようしつ》へはいっていきました。

私《わたし》は部屋《へや》のはしの方《ほう》に坐《すわ》っていましたので、ちょっとからだを動《うご》かせば、縁側《えんがわ》の突《つ》き当《あ》たりの洋室《ようしつ》のドアが見《み》えるのです。あいだに座敷《ざしき》が一《ひと》つあって、その前《まえ》を縁側《えんがわ》が通《とお》っているので、私《わたし》の坐《すわ》っていたところから洋室《ようしつ》のドアまでは五間《ごけん》もへだたっていました。まさかあんなことになろうとは思《おも》いもよらないので、私《わたし》はぼんやりと、そのドアの方《ほう》を眺《なが》めていたのです。

突然《とつぜん》『アッ、だれか来《き》て……』という悲鳴《ひめい》が、洋室《ようしつ》の方《ほう》から聞《き》こえてきました。ドアがしまっているので、なんだかずっと遠方《えんぽう》で叫《さけ》んでいるような感《かん》じでした。私《わたし》はそれを聞《き》くと、ハッとして、いきなり洋室《ようしつ》へ飛《と》んで行《い》ってドアをひらきましたが、中《なか》はまっ暗《くら》です。『スイッチはどこです』とどなっても、だれも答《こた》えません。私《わたし》は壁《かべ》のそれらしい場《ば》所《しょ》を手《て》さぐりして、やっとスイッチを探《さが》しあてて、それを押《お》しました。電灯《でんとう》がつくと、すぐ眼《め》にはいったのは、正面《しょうめん》の窓際《まどぎわ》に倒《たお》れている佐藤《さとう》の姿《すがた》でした。浴衣《ゆかた》の胸《むね》がまっ赤《か》に染《そ》まっています。美弥子《みやこ》も血《ち》だらけになって、夫《おっと》のからだにすがりついていましたが、私《わたし》を見《み》ると、片手《かたて》で窓《まど》を指《ゆび》さして、何《なに》かしきりと口《くち》を動《うご》かすのですが、恐《おそ》ろしく興奮《こうふん》しているので、何《なに》を言《い》っているのかさっぱりわかりません。

見《み》ると、窓《まど》の押《お》し上《あ》げ戸《ど》がひらいています。犯人《はんにん》はそこから逃《に》げたにちがいありません。私《わたし》はいきなり窓《まど》から飛《と》び出《だ》して行《い》きました。庭《にわ》は大《たい》して広《ひろ》くありません。人《ひと》の隠《かく》れるような大《おお》きな茂《しげ》みもないのです。五《ご》、六間向《ろっけんむ》こうに例《れい》のコンクリートの万年塀《まんねんべい》が白《しろ》く見《み》えていました。曲者《くせもの》はそれを乗《の》り越《こ》して、いち早《はや》く逃《に》げ去《さ》ったのでしょう。いくら探《さが》しても、その辺《へん》に人《ひと》の姿《すがた》はありませんでした。

元《もと》の窓《まど》から洋室《ようしつ》に戻《もど》りますと、私《わたし》が飛《と》び出《だ》すとき、入《い》れちがいに駈《か》けつけた婆《ばあ》やとお手伝《てつだ》いさんが、美弥子《みやこ》を介抱《かいほう》していました。美弥子《みやこ》には別状《べつじょう》ありません。ただ佐藤《さとう》のからだにすがりついたので、浴衣《ゆかた》が血《ち》まみれになっていたばかりです。佐藤《さとう》のからだを調《しら》べてみると、胸《むね》を深《ふか》く刺《さ》されていて、もう脈《みゃく》がありません。私《わたし》は電話室《でんわしつ》へ飛《と》んで行《い》って、署《しょ》の宿直員《しゅくちょくいん》に急報《きゅうほう》しました。

しばらくすると、署長《しょちょう》さんをはじめ五《ご》、六人《ろくにん》の署員《しょいん》が駈《か》けつけてきました。それから、懐中電灯《かいちゅうでんとう》で庭《にわ》を調《しら》べてみると、窓《まど》から塀《へい》にかけて、犯《はん》人《にん》の足跡《あしあと》が幾《いく》つも、はっきり残《のこ》っていたのです。実《じつ》にはっきりとした靴《くつ》跡《あと》でした。

けさ、署《しょ》のものが関根《せきね》、青木《あおき》のアパートへ行《い》って、二人《ふたり》の靴《くつ》を借《か》り出《だ》してきましたが、比《くら》べてみると、関根《せきね》の靴《くつ》とピッタリ一致《いっち》したのです。関根《せきね》はちょうど犯行《はんこう》の時間《じかん》に外出《がいしゅつ》していて、アリバイがありません。それで、すぐに引《ひ》っ張《ぱ》って、警視庁《けいしちょう》へつれて行《い》ったのです」

「だが、関根《せきね》は白状《はくじょう》しないんだね」

「頑強《がんきょう》に否定《ひてい》しています。佐藤《さとう》や美弥子《みやこ》に恨《うら》みはある。幾晩《いくばん》も佐藤《さとう》の屋《や》敷《しき》のまわりを、うろついたこともある。しかしおれは何《なに》もしなかった。塀《へい》を乗《の》り越《こ》えた覚《おぼ》えは決《けっ》してない。犯人《はんにん》はほかにある。そいつがおれの靴《くつ》を盗《ぬす》み出《だ》して、にせの足跡《あしあと》をつけたんだと言《い》いはるのです」

「フン、にせの足跡《あしあと》ということも、むろん考《かんが》えてみなければいけないね」

「しかし、関根《せきね》には強《つよ》い動機《どうき》があります。そして、アリバイがないのです」

「青木《あおき》の方《ほう》のアリバイは？」

「それも一応当《いちおうあ》たってみました。青木《あおき》もその時分外出《じぶんがいしゅつ》していて、やっぱりアリバイはありません」

「すると、青木《あおき》が関根《せきね》の靴《くつ》をはいて、万年塀《まんねんべい》をのり越《こ》したという仮定《かてい》もなり立《た》つわけかね」

「それは調《しら》べました。関根《せきね》は靴《くつ》を一足《いっそく》しか持《も》っていません。その靴《くつ》をはいて犯行《はんこう》の時間《じかん》には外出《がいしゅつ》していたのですから、その同《おな》じ時間《じかん》に青木《あおき》が関《せき》根《ね》の靴《くつ》をはくことはできません」

「それじゃあ、真犯人《しんはんにん》が関根《せきね》の靴《くつ》を盗《ぬす》んで、にせの足跡《あしあと》をつけたという関根《せきね》の主張《しゅちょう》は、なり立《た》たないわけだね」

明智《あけち》の眼《め》に例《れい》の異様《いよう》な微笑《びしょう》が浮《う》かんだ。そして、しばらく天井《てんじょう》を見《み》つめてタバコをふかしていたが、ふと別《べつ》の事《こと》を言《い》い出《だ》した。

「君《きみ》は、美弥子《みやこ》が傷《きず》つけられた時《とき》に割《わ》れた窓《まど》ガラスのかけらを集《あつ》めてみなかった？」

「すっかり集《あつ》めました。婆《ばあ》やが残《のこ》りなく拾《ひろ》いとって、新聞紙《しんぶんし》にくるんで、ゴミ箱《ばこ》のそばへ置《お》いておいたのです。それで、私《わたし》はガラス戸《ど》に残《のこ》っているガラスを抜《ぬ》き取《と》って、そのかけらと一緒《いっしょ》に復元《ふくげん》してみました。すると、妙《みょう》なことがわかったのです。割《わ》れたガラスは三枚《さんまい》ですが、かけらをつぎ合《あ》わせてみると、三枚《さんまい》は完全《かんぜん》に復元《ふくげん》できたのに、まだ余分《よぶん》のかけらが残《のこ》っているのです。婆《ばあ》やに、前《まえ》から庭《にわ》にガラスのかけらが落《お》ちていて、それがまじったのではないかと聞《き》いてみましたが、婆《ばあ》やは決《けっ》してそんなことはない。庭《にわ》は毎日掃《まいにちは》いているというのです」

「その余分《よぶん》のガラスは、どんな形《かたち》だったね」

「たくさんのかけらに割《わ》れていましたが、つぎ合《あ》わせてみると、細長《ほそなが》い不規則《ふきそく》な三角形《さんかっけい》になりました」

「ガラスの質《しつ》は？」

「眼《め》で見《み》たところでは、ガラス戸《ど》のものと同《おな》じようです」

明智《あけち》はそこでまた、しばらくだまっていた。しきりにタバコを吸《す》う、その煙《けむり》を強《つよ》く吐《は》き出《だ》さないので、モヤモヤと顔《かお》の前《まえ》に、煙幕《えんまく》のような白《しろ》い煙《けむり》がゆらいでいる。

4

明智小五郎《あけちこごろう》と庄司巡査部長《しょうじじゅんさぶちょう》の会話《かいわ》がつづく。

「佐藤《さとう》の傷口《きずぐち》は美弥子《みやこ》のと似《に》ていたんだね」

「そうです。やはり鋭《するど》い両刃《りょうば》の短刀《たんとう》らしいのです」

「その短刀《たんとう》はまだ発見《はっけん》されないのだろうね」

「見《み》つかりません。関根《せきね》はどこへ隠《かく》したのか、あいつのアパートには、いくら探《さが》しても無《な》いのです」

「君《きみ》は殺人《さつじん》のあった洋室《ようしつ》の中《なか》を調《しら》べてみたんだろうね」

「調《しら》べました。しかし洋室《ようしつ》にも凶器《きょうき》は残《のこ》っていなかったのです」

「その洋室《ようしつ》の家具《かぐ》なんかは、どんなふうだったの？　一《ひと》つ一《ひと》つ思《おも》い出《だ》してごらん」

「大《おお》きな机《つくえ》、革張《かわば》りの椅子《いす》が一《ひと》つ、肘掛《ひじか》け椅子《いす》が二《ふた》つ、西洋《せいよう》の土製《どせい》の人形《にんぎょう》を飾《かざ》った隅棚《すみだな》*、大《おお》きな本箱《ほんばこ》、それから窓《まど》のそばに台《だい》があって、その上《うえ》にでっかいガラスの金魚鉢《きんぎょばち》がのっていました。佐藤《さとう》は金魚《きんぎょ》が好《す》きで、いつも書斎《しょさい》にそのガラス鉢《ばち》を置《お》いていたのです」

「金魚鉢《きんぎょばち》の形《かたち》は？」

「さし渡《わた》し一尺五寸《いっしゃくごすん》*ぐらいの四角《しかく》なガラス鉢《ばち》です。フタはなくて、上《うえ》はあけっぱなしです。よく見《み》かける普通《ふつう》の金魚鉢《きんぎょばち》のでっかいやつですね」

「その中《なか》を、君《きみ》はよく見《み》ただろうね」

「いいえ、べつに……すき通《とお》ったガラス鉢《ばち》ですから、凶器《きょうき》を隠《かく》せるような場所《ばしょ》ではありません」

＊隅棚《すみだな》……部屋《へや》の隅《すみ》の角《かど》になっている部分《ぶぶん》に取《と》り付《つ》けられた棚《だな》。
＊一尺五寸《いっしゃくごすん》……約《やく》四五・四五センチメートル。一尺《しゃく》は約《やく》三〇・三センチメートル。

その時《とき》、明智《あけち》は頭《あたま》に右手《みぎて》をあげて、指《ゆび》をクシのようにして、モジャモジャの髪《かみ》の毛《け》をかきまわしはじめた。庄司《しょうじ》は明智《あけち》のこの奇妙《きみょう》な癖《くせ》が、どういう時《とき》に出《で》るかを、よく知《し》っていたので、びっくりして、彼《かれ》の顔《かお》を見《み》つめた。

「あの金魚鉢《きんぎょばち》に何《なに》か意味《いみ》があったのでしょうか」

「僕《ぼく》はときどき空想家《くうそうか》になるんでね。いま妙《みょう》なことを考《かんが》えているのだよ……しかし、まったく根拠《こんきょ》がないわけでもない」

明智《あけち》はそこでグッと上半身《じょうはんしん》を前《まえ》に乗《の》り出《だ》して、ないしょ話《ばなし》でもするようなかっこうになった。

「実《じつ》はね、庄司君《しょうじくん》、このあいだ君《きみ》の話《はなし》を聞《き》いたあとで、うちの小林《こばやし》に、少《すこ》しばかり聞《き》きこみと尾行《びこう》をやらせたんだがね、佐藤寅雄《さとうとらお》には美弥子《みやこ》の前《まえ》に妻《つま》がいたが、これは病気《びょうき》でなくなっている。子供《こども》はない。そして、佐藤《さとう》は非常《ひじょう》な財産家《ざいさんか》だ。それから、君《きみ》は今《いま》、青木《あおき》が美弥子《みやこ》を見舞《みま》いにきたといったね。ちょうどそのとき、小林《こばやし》が青木《あおき》を尾行《びこう》していたんだよ。物《もの》かげからのぞいていると、美弥子《みやこ》は青木《あおき》を玄関《げんかん》に送《おく》り出《だ》して、そこで二人《ふたり》が何《なに》かヒソヒソ話《ばなし》をしていたというのだ。まるで恋人同士《こいびとどうし》のようにね」

庄司《しょうじ》は話《はなし》のつづきを待《ま》っていたが、明智《あけち》がそのままだまってしまったので、いよいよいぶかしげな顔《かお》になった。

「それと、金魚鉢《きんぎょばち》とどういう関係《かんけい》があるのでしょうか」

「庄司君《しょうじくん》、もし僕《ぼく》の想像《そうぞう》が当《あ》たっているとすると、これは実《じつ》にふしぎな犯罪《はんざい》だよ。西洋《せいよう》の小説家《しょうせつか》がそういうことを空想《くうそう》したことはある。しかし、実際《じっさい》にはほとんど前例《ぜんれい》のない殺人事件《さつじんじけん》だよ」

「わかりません。もう少《すこ》し具体的《ぐたいてき》におっしゃってください」

「それじゃあ問題《もんだい》の足跡《あしあと》のことを考《かんが》えてみたまえ。あれがもしにせの靴《くつ》跡《あと》だとすれば、必《かなら》ずしも事件《じけん》の起《お》こったときにつけなくても、前《まえ》もってつけておくこともできたわけだね。それならば青木《あおき》にだってやれたはずだ。すきを見《み》て関根《せきね》のアパートから靴《くつ》を盗《ぬす》み出《だ》し、佐藤《さとう》の庭《にわ》に忍《しの》びこんで靴跡《くつあと》をつけ、また関根《せきね》のところへ返《かえ》しておくという手《て》だよ。関根《せきね》のアパートと佐藤《さとう》の家《いえ》とは三丁《さんちょう》しか隔《へだ》たっていないのだから、ごくわずかの時間《じかん》でやれる。それに、たとえ見《み》つかったとしても、靴泥棒《くつどろぼう》だけなれば大《たい》した罪《つみ》じゃないからね。もう一《ひと》つ突《つ》っ込《こ》んでいえば、にせの足跡《あしあと》をつけたのは、青木《あおき》に限《かぎ》らない。もっとほかの人《ひと》にもやれたわけだよ」

庄司巡査部長《しょうじじゅんさぶちょう》は、まだ明智《あけち》の真意《しんい》を悟《さと》ることができなかった。困惑《こんわく》した表情《ひょうじょう》で明智《あけち》の顔《かお》を見《み》つめている。

「君《きみ》は盲点《もうてん》に引《ひ》っかかっているんだよ」

明智《あけち》はニコニコ笑《わら》っていた。例《れい》の意味《いみ》ありげな眼《め》だけの微笑《びしょう》が、顔《かお》じゅうにひろがったのだ。そして、右手《みぎて》に持《も》っていた吸《す》いさしのタバコを灰皿《はいざら》に入《い》れると、そこにころがっていた鉛筆《えんぴつ》をとってメモの紙《かみ》に何《なに》か書《か》き出《だ》した。

「君《きみ》に面白《おもしろ》い謎《なぞ》の問題《もんだい》を出《だ》すよ。さ

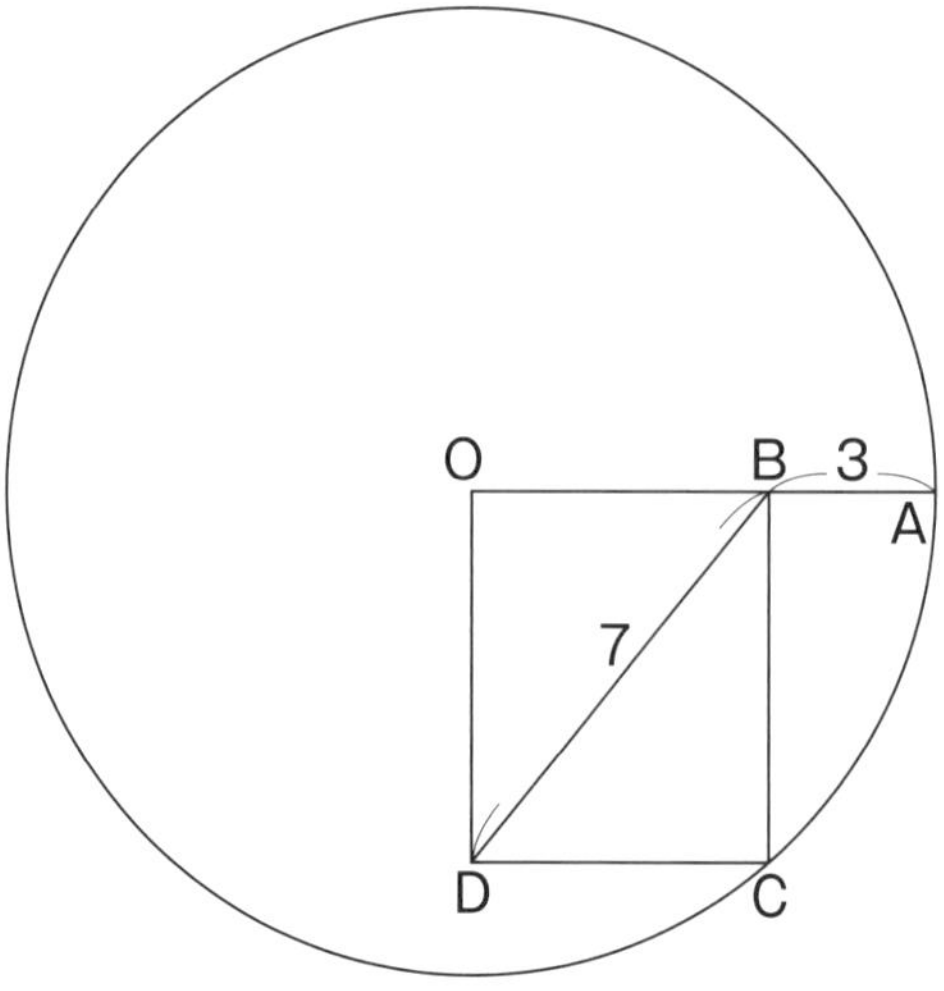

あ、これだ。

いいね。Oは円《えん》の中心《ちゅうしん》だ。OAはこの円《えん》の半径《はんけい》だね。OA上《じょう》のB点《てん》から垂直線《すいちょくせん》を下《おろ》して円周《えんしゅう》にまじわった点《てん》がCだ。また、Oから垂直線《すいちょくせん》を下《おろ》してOBCDという直角四辺形《ちょっかくしへんけい》を作《つく》る。この図形《ずけい》の中《なか》で長《なが》さのわかっているのはABが三《さん》センチ、BDの斜線《しゃせん》が七《なな》センチという二《ふた》つだけだ。そこで、この円《えん》の直径《ちょっけい》は何《なん》センチかという問題《もんだい》だ。三十秒《さんじゅうびょう》で答《こた》えてくれたまえ」

庄司巡査部長《しょうじじゅんさぶちょう》は面《めん》くらった。昔《むかし》、中学校《ちゅうがっこう》で幾何《きか》を習《なら》ったことはあるが、もうすっかり忘《わす》れている。直径《ちょっけい》は半径《はんけい》の二倍《にばい》だから、まずOAという半《はん》径《けい》の長《なが》さを見出《みいだ》せばよい。OAのうちでABが三《さん》センチなんだから、残《のこ》るOBは何《なん》センチかという問題《もんだい》になる。もう一《ひと》つわかっているのはBD

の七《なな》センチだ。このＢＤを底辺《ていへん》とする三角形《さんかっけい》が目《め》につく、エート、底辺《ていへん》七《なな》センチのＯＢＤという直角三角形《ちょっかくさんかっけい》の一辺《いっぺん》は……

「だめだね。もう三十秒《さんじゅうびょう》はとっくにすぎてしまったよ。君《きみ》はむずかしくして考《かんが》えるからいけない。多分《たぶん》ＡＢの三《さん》センチに引《ひ》っかかったんだろう。それに引《ひ》っかかったら、もうおしまいだ。いくら考《かんが》えてもだめだよ。

この問題《もんだい》を解《と》くのはわけない。いいかね、この図《ず》のＯからＣに直線《ちょくせん》を引《ひ》いてみるんだ。ほうらね、わかっただろう。直径四辺形《ちょっけいしへんけい》の対角線《たいかくせん》は相等《そうとう》し……ハハハハハ。半径《はんけい》は七《なな》センチなんだよ。だから直径《ちょっけい》は十四《じゅうよん》センチさ」

「なるほど。こいつは面白《おもしろ》い謎々《なぞなぞ》ですね」

庄司《しょうじ》は感心《かんしん》して図形《ずけい》を眺《なが》めている。

「庄司君《しょうじくん》、君《きみ》は今度《こんど》の事件《じけん》でも、このAB線《せん》にこだわっているんだよ。ずるい犯人《はんにん》はいつもAB線《せん》を用意《ようい》している。そして、捜査官《そうさかん》をそれに引《ひ》っかけようとしている。さあ、今度《こんど》の事件《じけん》のAB線《せん》はなんだろうね。よく考《かんが》えてみたまえ」

5

庄司巡査部長《しょうじじゅんさぶちょう》が三度目《さんどめ》に明智《あけち》の部屋《へや》を訪《たず》ねたのは、それからまた三日《みっか》の後《のち》であった。

「先生《せんせい》、ご明察《めいさつ》*の通《とお》りでした。美弥子《みやこ》は自白《じはく》しました。佐藤《さとう》の財産《ざいさん》が目的《もくてき》だったのです。そして、財産《ざいさん》を相続《そうぞく》したら、青木《あおき》と一緒《いっしょ》になるつもりだったというのです。美弥子《みやこ》の方《ほう》が青木《あおき》に惚《ほ》れていたのですよ。それを

＊明察《めいさつ》……はっきりと真相《しんそう》を見抜《みぬ》くこと。

青木《あおき》に脅迫《きょうはく》されているように見《み》せかけて、佐藤《さとう》を安心《あんしん》させておいたのです」

明智《あけち》は沈《しず》んだ顔《かお》をしていた。いつもの笑顔《えがお》も消《き》えて、眼《め》は憂鬱《ゆううつ》な色《いろ》にとざされていた。

「先生《せんせい》のおっしゃったＡＢ線《せん》は、美弥子《みやこ》が自分《じぶん》で自分《じぶん》の腕《うで》を傷《きず》つけ、さも被害者《ひがいしゃ》であるように見《み》せかけたことです。まさか被害者《ひがいしゃ》が犯人《はんにん》だとは誰《だれ》も考《かんが》えなかったのです。

凶器《きょうき》は先生《せんせい》のお考《かんが》えの通《とお》りガラスでした。長《なが》っ細《ぽそ》い三角形《さんかっけい》のガラスの破片《はへん》でした。美弥子《みやこ》はそれで自分《じぶん》の腕《うで》を切《き》って、よく血《ち》のりをふきとってから庭《にわ》に投《な》げすてたのです。そして、窓《まど》のガラスを割《わ》って庭《にわ》へ落《お》とし、そのガラスのかけらで、凶器《きょうき》のガラスをカムフラージュしてしまったのです。そのガラスのかけらをすっかり集《あつ》めて、丹念《たんねん》に復元《ふくげん》してみる警官《けいかん》があろうとは、さすがの彼女《かのじょ》も思《おも》い及《およ》ばなかったのですね。佐藤《さとう》もなかなか抜《ぬ》け目《め》ない男《おとこ》ですから、美弥子《みやこ》がほんとうに自分《じぶん》を愛《あい》していはいないことを見抜《みぬ》いていたのかもしれません。それで、あんなに凶器《きょうき》を探《さが》したのでしょうね。自分《じぶん》が殺《ころ》されるとまでは考《かんが》えなかったにしても、なんとなく疑《うたが》わしく思《おも》っていたのですね。

佐藤《さとう》を殺《ころ》した凶器《きょうき》もガラスでした。傷口《きずぐち》へ折《お》れ込《こ》まない用心《ようじん》でしょう。それは少《すこ》し厚手《あつで》のガラスで、やはり短刀《たんとう》のような長《なが》い三角形《さんかっけい》のものでした。佐藤《さとう》に油断《ゆだん》をさせておいて、それで胸《むね》を突《つ》き、血《ち》のりをよくふきとってから、例《れい》の金魚鉢《きんぎょばち》の底《そこ》へ沈《しず》めたのです。その時間《じかん》は充分《じゅうぶん》ありました。『だれか来《き》て……』と叫《さけ》んだのは、すべての手順《てじゅん》を終《おわ》ってからです。佐藤《さとう》が殺《ころ》されたとき、唸《うな》り声《ごえ》ぐらいは立《た》てたのでしょうが、私《わたし》の坐《すわ》っていた座《ざ》敷《しき》からは遠《とお》いし、それに、厚《あつ》いドアがしまっていたので私《わたし》は気《き》づかなかったのです。

金魚鉢《きんぎょばち》にガラスの凶器《きょうき》とは、なんとうまい思《おも》いつきでしょう。底《そこ》に一《いち》枚《まい》ガラスが沈《しず》んでいたって、ちょっと見《み》たのではわかりません。物《もの》を探《さが》す場合《ばあい》、透明《とうめい》な金魚鉢《きんぎょばち》なんか最初《さいしょ》から問題《もんだい》にしませんし、それにガラスが短刀《たんとう》の代《かわ》りに使《つか》われたなんて、誰《だれ》も考《かんが》えっこありませんからね。先生《せんせい》がすぐにそこへお気《き》づきになったのは、驚《おどろ》くほかありません。

庭《にわ》のにせの足跡《あしあと》も美弥子《みやこ》がつけたのです。傷口《きずぐち》の糸《いと》を抜《ぬ》いた翌日《よくじつ》、あまりとじこもっていても、からだに悪《わる》いから、ちょっと散歩《さんぽ》してくるといって、家《いえ》を出《で》たのだそうです。そして近《ちか》くの関根《せきね》のアパートへ行《い》って、関根《せきね》の靴《くつ》を風呂敷《ふろしき》に包《つつ》んで持《も》ち帰《かえ》り、庭《にわ》にあとをつけると、またアパートへ返《かえ》しに行《い》ったのです。美弥子《みやこ》は関根《せきね》が朝寝坊《あさねぼう》なことを知《し》っていて、寝《ね》ているひまに、これだけのことをやってのけたのです。前《まえ》にも関根《せきね》と暮《く》らしていたのですから、関根《せきね》の生活《せいかつ》はこまかいところまで知《し》りぬいていたわけです。

それから例《れい》の脅迫状《きょうはくじょう》も、美弥子《みやこ》が左手《ひだりて》で書《か》いて、自分《じぶん》でポストへ入《い》れたのだと白状《はくじょう》しました。この脅迫状《きょうはくじょう》は、一《ひと》つは私《わたし》を呼《よ》びよせて犯行《はんこう》の現《げん》場《ば》に立《た》ち会《あ》わせるためだったのですね。ずいぶんなめられたものです。ガラスの凶器《きょうき》のトリックは、目撃者《もくげきしゃ》がなければ、その威力《いりょく》を発揮《はっき》しないのですからね。

それから青木《あおき》もむろん呼《よ》び出《だ》して調《しら》べましたが、共犯関係《きょうはんかんけい》はないことがわかりました。美弥子《みやこ》は恋人《こいびと》の青木《あおき》には何《なに》も知《し》らせないで、自分一人《じぶんひとり》で計画《けいかく》し、実行《じっこう》したのです。実《じつ》に勝気《かちき》な女《おんな》です。美弥子《みやこ》は貧乏《びんぼう》を呪《のろ》っていました。自分《じぶん》は貧乏《びんぼう》のためにどんなつらい思《おも》いをしてきたかわからない。いろいろな男《おとこ》をわたり歩《ある》かなければならなかったのも貧乏《びんぼう》のためだ。どんなことをしても貧乏《びんぼう》とは縁《えん》を切《き》りたいと思《おも》っていた。そこへ佐藤《さとう》という大金持《おおがねも》ちが現《あら》われたので、金《かね》のために結婚《けっこん》を承諾《しょうだく》した。関根《せきね》には借《しゃっ》金《きん》をしていたので、いやいやながら一緒《いっしょ》に暮《く》らしたが、ずいぶんひどい目《め》にあった。逃《に》げ出《だ》したくても隙《すき》がなく、すぐ腕力《わんりょく》をふるうので、どうすることもできなかった。佐藤《さとう》がその借金《しゃっきん》を返《かえ》してくれたので、やっと助《たす》かったが、関根《せきね》にいじめられた復讐《ふくしゅう》はいつかしてやろうと思《おも》っていたというのです。

青木《あおき》には佐藤《さとう》と結婚《けっこん》する前《まえ》から好意《こうい》を持《も》っていたが、結婚後《けっこんご》、佐藤《さとう》の目《め》をかすめてだんだん深《ふか》くなって行《い》ったのだそうです。そうなると佐藤《さとう》とはもう一日《いちにち》も一緒《いっしょ》にいたくない。といって、離婚《りこん》したのではお金《かね》に困《こま》る。貧乏《びんぼう》はもうこりごりだ、というわけで、佐藤《さとう》の財産《ざいさん》をそのまま自分《じぶん》のものにして、好《す》きな青木《あおき》と一緒《いっしょ》になるという、虫《むし》のいいことを思《おも》いついたのですね。そして、ガラスの殺人《さつじん》という、実《じつ》に奇抜《きばつ》な方法《ほうほう》を考《かんが》え出《だ》したのです。女《おんな》というものは怖《こわ》いですね」

「僕《ぼく》の想像《そうぞう》が当《あ》たった。実《じつ》に突飛《とっぴ》な想像《そうぞう》だったが、世間《せけん》にはそういう突《とっ》飛《ぴ》なことを考《かんが》え出《だ》して、実行《じっこう》までするやつがあるんだね」

明智《あけち》は腕《うで》を組《く》んで、陰気《いんき》な顔《かお》をしていた。あれほど好《す》きなタバコも手《て》にとるのを忘《わす》れているように見《み》えた。

「ですから、先生《せんせい》も不思議《ふしぎ》な人《ひと》ですよ。不思議《ふしぎ》な犯罪《はんざい》は、不思議《ふしぎ》な探偵《たんてい》でなければ見破《みやぶ》ることができないのですね」

「君《きみ》はそう思《おも》っているだろうね。しかし、いくら僕《ぼく》が不思議《ふしぎ》な探偵《たんてい》でも、君《きみ》の話《はなし》を聞《き》いただけでは、あんな結論《けつろん》は出《で》なかっただろうよ。種《たね》あかしをするとね、僕《ぼく》は小林《こばやし》に美弥子《みやこ》の前歴《ぜんれき》をさぐらせたのだ。そして、美弥《みや》子《こ》と親《した》しかったが今《いま》は仲《なか》たがいになっている二人《ふたり》の女《おんな》に、別々《べつべつ》にここへ来《き》てもらって、よく話《はなし》を聞《き》いたのだ。それで美弥子《みやこ》という女《おんな》の性格《せいかく》がわかったのだよ。僕《ぼく》が金魚鉢《きんぎょばち》に気《き》がついたのは、そういう手続《てつづ》きを経《へ》ていたからだ。だが、その時《とき》はもうおそかった。僕《ぼく》の力《ちから》では事前《じぜん》にそこまで考《かんが》えられなかった。あとになって、不思議《ふしぎ》な殺人手段《さつじんしゅだん》に気《き》づくだけがやっとだった」

明智《あけち》はそういって、プツンとだまりこんでしまった。庄司巡査部長《しょうじじゅんさぶちょう》は明智《あけち》のこんなにうち沈《しず》んだ姿《すがた》を見《み》るのは、はじめてであった。

作品解説《さくひんかいせつ》と読書《どくしょ》ガイド

野村宏平《のむらこうへい》

明智小五郎《あけちこごろう》といえば、少年探偵団《しょうねんたんていだん》のシリーズで活躍《かつやく》する名探偵《めいたんてい》として、ご存《ぞん》じの人《ひと》も多《おお》いかもしれません。そんな読者《どくしゃ》は明智《あけち》に対《たい》して、ダンディでスポーツ万能《ばんのう》、いつもさっそうとしていて、どんな謎《なぞ》でもサラリと解《と》いてみせるスーパーマンのような人物《じんぶつ》を思《おも》い浮《う》かべるのではないでしょうか。

けれども明智《あけち》は、最初《さいしょ》からそんなかっこいい人間《にんげん》だったわけではありません。初《はじ》めて登場《とうじょう》したのは、江戸川乱歩《えどがわらんぽ》が一九二五年《ねん》に発表《はっぴょう》した「D坂《ざか》の殺人事件《さつじんじけん》」という短編《たんぺん》ですが、ここで描《えが》かれる明智《あけち》は、本《ほん》の山《やま》で埋《う》めつくされた四畳半《よじょうはん》ひと間《ま》の下宿《げしゅく》で暮《く》らし、いつも木綿《もめん》の着物《きもの》によれよれの帯《おび》をしめているという、身《み》なりにはまったく気《き》をつかわない無職《むしょく》の貧乏青年《びんぼうせいねん》でした。のちのスマートなイメージとは、ずいぶんちがいますね。

乱歩《らんぽ》は明智《あけち》の物語《ものがたり》は一作《いっさく》きりにするつもりでいましたが、評判《ひょうばん》がよかったため、同《おな》じ年《とし》に書《か》いた「心理試験《しんりしけん》」「黒手組《くろてぐみ》」「幽霊《ゆうれい》」「屋根裏《やねうら》の散歩者《さんぽしゃ》」といった短編《たんぺん》にも明智《あけち》を登場《とうじょう》させました。このあたりになると明智《あけち》は素人探偵《しろうとたんてい》として世間《せけん》に認《みと》められ、貧乏生活《びんぼうせいかつ》からはぬけだしたようです。そして翌年《よくねん》から新聞《しんぶん》で連載《れんさい》がはじまった長編《ちょうへん》『一寸法師《いっすんぼうし》』では旅《りょ》館住《かんず》まいをしており、中国服《ちゅうごくふく》を着《き》て出《で》かけたりするようになりました。事件《じけん》の前《まえ》に上海《シャンハイ》に行《い》っていたらしいので、そこでおしゃれにめざめたのかもしれません。

このあと、明智《あけち》はふたたび日本《にほん》を離《はな》れて、中国《ちゅうごく》やインドを旅《たび》しますが、一九二九年《ねん》の長編《ちょうへん》『蜘蛛男《くもおとこ》』で帰国《きこく》。ますますおしゃれにみがきがかかり、頭脳《ずのう》ばかりか肉体的《にくたいてき》にも超人《ちょうじん》ぶりを発揮《はっき》して、事件《じけん》を解決《かいけつ》します。それからというものは、『魔術師《まじゅつし》』『吸血鬼《きゅうけつき》』『黄金仮面《おうごんかめん》』『黒蜥蜴《くろとかげ》』『人間豹《にんげんひょう》』などの長編《ちょうへん》で、世間《せけん》をさわがせるおそるべき怪人《かいじん》たちと対決《たいけつ》し、日本一《にほんいち》の名探偵《めいたんてい》としての名声《めいせい》を高《たか》めていきました。服装《ふくそう》はスーツを愛用《あいよう》するようになり、住《す》まいも高級《こうきゅう》アパートを転々《てんてん》とするようになります。

探偵事務所《たんていじむしょ》を開《ひら》いたのもこのころですが、ここで明智《あけち》は、リンゴのような頰《ほお》をした弟子《でし》の小林芳雄少年《こばやしよしおしょうねん》といっしょに暮《く》らすようになりました。明智《あけち》から教育《きょういく》を受《う》けた小林少年《こばやししょうねん》は、一九三六年《ねん》に発表《はっぴょう》された乱歩初《らんぽはつ》の少年《しょうねん》向《む》け小説《しょうせつ》『怪人二十面相《かいじんにじゅうめんそう》』では、優秀《ゆうしゅう》な少年探偵《しょうねんたんてい》として主人公《しゅじんこう》をつとめることになります。

この作品《さくひん》でも、後半《こうはん》からは明智《あけち》が登場《とうじょう》し、世紀《せいき》の怪盗《かいとう》・二十面相《にじゅうめんそう》と対《たい》決《けっ》します。これをきっかけにして、明智《あけち》と小林少年《こばやししょうねん》の師弟《してい》コンビはいくどとなく二十面相《にじゅうめんそう》との戦《たたか》いをくり広《ひろ》げるようになり、そのライバル関係《かんけい》は、乱歩最後《らんぽさいご》の作品《さくひん》となった一九六二年《ねん》の『超人《ちょうじん》ニコラ』（『黄金《おうごん》の怪《かい》獣《じゅう》』という題《だい》でも出《で》ています）までつづきました。

一九二五年《ねん》のデビューから三十七年《ねん》、明智《あけち》の生活《せいかつ》は時代《じだい》とともに変《へん》化《か》していきましたが、読書好《どくしょず》きで、人間《にんげん》の裏側《うらがわ》にかくされた秘密《ひみつ》に興《きょう》味《み》を持《も》ち、天才的《てんさいてき》な頭脳《ずのう》で事件《じけん》をあざやかに解決《かいけつ》してみせるところは、ずっと変《か》わりません。この本《ほん》では、一九二九年《ねん》に書《か》かれた「何者《なにもの》」と一九五四年《ねん》に書《か》かれた「兇器《きょうき》」の二編《にへん》をおさめて、若《わか》いころの明智《あけち》と年《とし》をとってからの明智《あけち》、両方《りょうほう》の姿《すがた》を見《み》てもらうことにしました。

「何者《なにもの》」は日本《にほん》に軍隊《ぐんたい》があった時代《じだい》のお話《はなし》なので、いまからみるとピンとこない部分《ぶぶん》があるかもしれませんが、現金《げんきん》には目《め》もくれず、金色《きんいろ》に光《ひか》るものだけを盗《ぬす》んでいった犯人《はんにん》をめぐって展開《てんかい》される推理《すいり》が読《よ》みどころになっています。

「兇器《きょうき》」では、刃物《はもの》による殺人事件《さつじんじけん》が起《お》こりますが、肝心《かんじん》の凶器《きょうき》がみつかりません。はたして凶器《きょうき》はどこに消《き》えたのか？　その謎《なぞ》を明智《あけち》が解《と》き明《あ》かしてみせます。

このふたつの作品《さくひん》は、どちらも論理的《ろんりてき》・理知的《りちてき》な謎解《なぞと》きを楽《たの》しむことを目的《もくてき》に書《か》かれた本格《ほんかく》ミステリーと呼《よ》ばれる小説《しょうせつ》です。そういう小説《しょうせつ》の元祖《がんそ》は、アメリカの作家《さっか》エドガー・アラン・ポーが一八四一年《ねん》に発《はっ》表《ぴょう》した「モルグ街《がい》の殺人《さつじん》」といわれていますが、それから八十二年後《ねんご》の一九二三年《ねん》、「二銭銅貨《にせんどうか》」という本格《ほんかく》ミステリーを発表《はっぴょう》してデビューしたのが江戸川乱歩《えどがわらんぽ》でした。本名《ほんみょう》は平井太郎《ひらいたろう》といいますが、ペンネームがエドガー・アラン・ポーをもじったものだということは、名前《なまえ》を口《くち》に出《だ》して言《い》ってみれば、すぐにわかりますね。この乱歩《らんぽ》の登場《とうじょう》に影響《えいきょう》されて、日本《にほん》でもミステリー（当時《とうじ》は探偵小説《たんていしょうせつ》と呼《よ》ばれていました）を書《か》く作家《さっか》が次々《つぎつぎ》と現《あらわ》れ、数多《かずおお》くの名作《めいさく》が生《う》まれるようになったのです。

といっても、乱歩《らんぽ》は本格《ほんかく》ミステリーばかりを書《か》いていたわけではありません。犯人《はんにん》の側《がわ》から奇抜《きばつ》な犯罪方法《はんざいほうほう》や心理《しんり》を描《えが》いた倒叙《とうじょ》ミステリー、不思議《ふしぎ》な雰囲気《ふんいき》がただよう怪奇幻想小説《かいきげんそうしょうせつ》、正義《せいぎ》の味方《みかた》と怪人《かいじん》が手《て》に汗《あせ》にぎる戦《たたか》いをくり広《ひろ》げる活劇小説《かつげきしょうせつ》でも、たくさんの名作《めいさく》をのこしました。明智《あけち》が活躍《かつやく》する『蜘蛛男《くもおとこ》』以降《いこう》の長編《ちょうへん》や『怪人二十面相《かいじんにじゅうめんそう》』をはじめとする少年探偵《しょうねんたんてい》シリーズは、活劇小説《かつげきしょうせつ》の部類《ぶるい》にはいるといっていいでしょう。

明智《あけち》の初期作品《しょきさくひん》である「心理試験《しんりしけん》」や「屋根裏《やねうら》の散歩者《さんぽしゃ》」は倒叙《とうじょ》ミステリーに分類《ぶんるい》される小説《しょうせつ》で、本格《ほんかく》ものや活劇《かつげき》ものとはまたちがったおもしろさが味《あじ》わえます。怪奇幻想小説《かいきげんそうしょうせつ》には明智《あけち》は登場《とうじょう》しませんが、「鏡地獄《かがみじごく》」や「押絵《おしえ》と旅《たび》する男《おとこ》」といった傑作《けっさく》があります。これらもぜひ、読《よ》んでみるといいでしょう。

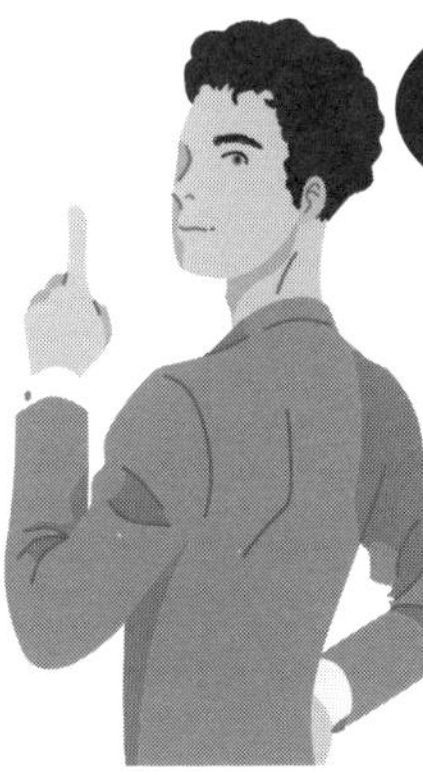

挑戦《ちょうせん》しよう!

明智小五郎《あけちこごろう》クイズ

第一問《だいいちもん》

明智小五郎《あけちこごろう》はいくつもの特技《とくぎ》を持っていましたが、得意《とくい》だけれども、じつは嫌《きら》いだったものがあります。それはどれでしょう?

①変装《へんそう》

②柔道《じゅうどう》

③飛行機《ひこうき》の操縦《そうじゅう》

第二問《だいにもん》

明智小五郎《あけちこごろう》の奥《おく》さんの文代《ふみよ》さんは、明智《あけち》と知《し》り合《あ》ったとき、なにをしていたでしょうか?

①女学生《じょがくせい》

②新聞記者《しんぶんきしゃ》

③殺人鬼《さつじんき》の一味《いちみ》

答《こた》えは次《つぎ》のページに!

第《だい》一《いち》問《もん》の答《こた》え

①変装《へんそう》

明智《あけち》はさまざまな人物《じんぶつ》に変装《へんそう》して、敵《てき》ばかりか味《み》方《かた》までもあざむくことが何回《なんかい》もありましたが、『暗《あん》黒星《こくせい》』という作品《さくひん》には、「明智《あけち》は変装嫌《へんそうぎら》いではあったが、決《けっ》して変装下手《へんそうべた》ではなかった」と書《か》かれています。ちょっと意外《いがい》ですね。

第《だい》二《に》問《もん》の答《こた》え

③殺人鬼《さつじんき》の一味《いちみ》

『魔術師《まじゅつし》』という作品《さくひん》で初登場《はつとうじょう》した文代《ふみよ》さんは、おそるべき殺人鬼《さつじんき》の手伝《てつだ》いをさせられていました。それが明智《あけち》に救《すく》われて探偵助手《たんていじょしゅ》となり、『吸血鬼《きゅうけつき》』という作品《さくひん》の最後《さいご》で結婚《けっこん》することになるのです。

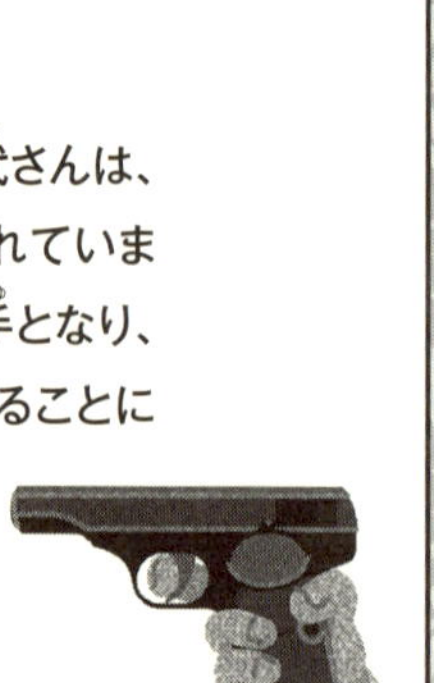